PABEL-Taschenbuch

MD 620

C.H. GUENTER

Die Titanium-Bande

ERICH PABEL VERLAG GMBH, 7550 RASTATT

MD-Originalromane erscheinen monatlich
in der Verlagsunion Erich Pabel-Arthur Moewig KG, 7550 Rastatt

Titelillustration: Firuz Askin

Druck und Bindung: Elsnerdruck, Berlin
Verkaufspreis inklusive gesetzliche Mehrwertsteuer
Alleinvertrieb und Auslieferung in Österreich:
Pressegroßvertrieb Salzburg Gesellschaft m.b.H.,
Niederalm 300, A-5081 Anif
Abonnement-Bestellungen sind zu richten an:
Verlagsunion Erich Pabel-Arthur Moewig KG
Postfach 2362, 7550 Rastatt
Lieferung erfolgt zum Verkaufspreis plus ortsüblicher Zustellgebühr
Printed in Germany 1989
ISBN 3-488-20257-7

1.

Der ganze Mittsommer war verregnet. Die Selbstmorde am norwegischen Polarkreis lagen in diesem Jahr doppelt so hoch wie im letzten. Kein Wunder. Hier oben hatten sie acht Monate Winter, und für Frühling, Sommer und Herbst gerade hundert Tage.

Wenn es dann ununterbrochen regnete, wie heuer, dann verschlammten die Straßen, das Land und die Gemüter.

Die große Mercedes-Limousine, die von Hattfielldal nach Korgen unterwegs war, wäre mit einem schlechteren Chauffeur längst irgendwo hängengeblieben. Aber wegen seiner Qualität als Fahrer hatte man ihn eingestellt. Bei irgendeiner Armee auf irgendeinem Kriegsschauplatz hatte er gelernt, Fahrzeuge durch jede Art von Gelände zu bewegen.

Hinten im veloursgepolsterten Fond des schwarzen 500 SE saß ein Mann wie aus dem Katalog für Manager, Typ obere Mittelklasse, geeignet zum Führen von Unternehmen bis zu einem Jahresumsatz von fünfzig Millionen Dollar.

Er trug eine graue Flanellhose und einen dunkelblauen Blazer mit Goldknöpfen, aber ohne Clubabzeichen. Der Anzug wurde unten von geschnürten Halbschuhen, oben von einem weißen Rollkragenpullover abgeschlossen.

Der Mann mochte Mitte Vierzig sein. Seine leblos wirkenden Augen machten ihn älter, als er war.

Nach einer Kurve beugte er sich vor.

„Mir ist kalt, Mischa", rief er dem Fahrer zu. „Drehen Sie die Klimaanlage herunter. Danke. – Wann sind wir da?"

Inzwischen regnete es so, daß die Scheibenwischer auf Schnellstufe liefen. Trotzdem betrug die Sicht nur wenige Meter.

„Schwer zu sagen, Mister Maborock", antwortete der Fahrer.

„Geht's nicht schneller?"

„Mister Maborock", erklärte der Fahrer. „Wenn es Tag wäre oder dunkel, dann würde ich es riskieren. Aber diese merkwürdig dämmerigen Nächte hier, und dazu das Wetter."

„Ja, schon gut", sagte der Mann im Fond.

Er wußte, daß Mischa tat, was er konnte. Aber bis spätestens 22.00 Uhr mußte er in Idafoss sein, sonst erreichte er die Leute nicht mehr.

*

Der Fichtenwald hörte offenbar niemals mehr auf. Mitunter schäumten die Wasserfälle so über die Straße, als wollten sie sie wegschwemmen.

„Wir müßten längst da sein", bemerkte Mischa.

„Haben Sie sich verfahren?"

„Unmöglich. Es gibt nur diese Straße."

Plötzlich schrie Maborock:

„Da links! Halten Sie an!"

Er hatte Licht gesehen.

Es war eine Tankstelle. Der Fahrer rollte unter das Vordach und hupte. Als keiner kam, wollte er sich umschauen.

„Warten Sie, ich mache das", entschied Maborock.

Schon seit einer Stunde hatte er Druck auf der

Blase. Er stieg aus und ging auf das Licht in dem roten Holzhaus zu. Bevor er sich bemerkbar machte, erleichterte er sich erst einmal.

Drinnen sah er einen Mann im blauen Overall sitzen. Er hatte Bratfisch auf dem Teller und vor sich eine Flasche Bier. Gerade als Maborock klopfen wollte, rief der Norweger:

„Kommen Sie rein. Die Tür ist auf."

Dabei drehte er sich nicht einmal um.

„Angst haben Sie hier wohl keine?" fragte Maborock eintretend.

„Nein, vor wem auch. Hier sind alle Menschen böse."

Maborock steckte sich eine Zigarette an und reichte dem Tankwart die Packung über die Schulter.

„Amerikanische? Nein danke", lehnte der Norweger ab.

Er hatte nur auf die Packung geschielt.

„Wie weit ist es bis Idafoss?"

„Acht Kilometer. Benzin oder Diesel? Bleifrei haben wir nicht."

„Also acht Kilometer."

„Falls es Idafoss noch gibt. Ich meine, wenn es nicht in den Fjord gespült wurde von dem Sauwetter. Was kann ein Mann nur in Idafoss wollen. Da möchte ich nicht mal begraben sein."

„Zum Zirkus", sagte der mit Akzent sprechende Ausländer.

Plötzlich fing der Norweger zu lachen an.

„Zirkus. Ein Witz von einem Zirkus ist das. Ins Zelt regnet es wie durch ein Heringsnetz. Der Direktor ist Fahrer, Kassier und Musiker gleichzeitig. Das ganze Programm bestreitet ein einziger Artist. Letztes Jahr hatten sie noch eine Tierschau, bestehend aus einem rheumatischen Elefanten. Der war hundert Jahre, hatte schon Moos auf dem Buckel und starb ihnen im Winter weg."

„Sie kennen den Zirkus?" erkundigte sich Maborock.

„Er kommt jedes Jahr an Mittsommer durch. Und jedes Jahr kommt er weiter herunter. Irgendwann wird er wohl nicht mehr wiederkommen."

Der Fremde wollte gehen. An der Tür fiel ihm noch etwas ein.

„Kennen Sie Silberman?"

„Den Burschen mit der Maske, meinen Sie?"

Der Tankwart stand auf, humpelte zum Spind, kramte darin herum, nahm ein zusammengerolltes Plakat heraus und rolle es auf. Es war grellbunt, zeigte ein stolzes Zirkuszelt, Käfige mit Tigern, Kamele, Pferde, Clowns, Artisten und einen Mann in Frack und Zylinder mit einer silbernen Maske.

„Das war vor zehn Jahren", erzählte der Tankwart und zeigte zum ersten Mal sein Gesicht. „Sie lassen mir immer Freikarten da, wenn sie hier tanken. War aber nie dort. Lohnt sich nicht hinaufzufahren."

Der Tankwart hatte nur noch ein halbes Gesicht. Die linke Seite hatte ihm wohl ein Unfall zerstört. Feuer oder Säure, vermutete Maborock.

Er legte ihm einen Geldschein hin, der etwa dem Wert von drei Dollar entsprach.

*

Die Vorstellung hatte soeben begonnen. Ungefähr zwei Dutzend Menschen saßen dort, wo es nicht durch die Zeltbahn regnete, auf den Bänken.

Maborock nahm an, daß sich der ganze Ort

versammelt hatte. Mehr als vierundzwanzig Personen lebten nicht in Idafoss.

Der Direktor spielte Akkordeon und sagte das Programm an. Erst kam ein Clown, dann ein Akrobat. Clown und Akrobat waren ein und derselbe Künstler. Über die Späße des Clown hatte kaum einer gelacht. Und als Akrobat, wie er seine Saltos schlug, auf Händen ging oder die Brücke machte, hatte er seine beste Zeit auch schon hinter sich. In der nächsten Nummer trat der Künstler nun als Jongleur auf. Er brachte es auf fünf Keulen, sechs Bälle, aber nur auf vier Teller.

Daß er als Artist vielseitig war, mußte man einräumen.

Vor der Pause wurde ein Seil gespannt. Der Direktor kündigte eine Meisterleistung an. Das verehrte Publikum würde nun den einzigen Mann sehen, der an Händen gefesselt und mit verbundenen Augen über das Seil tanzte.

Der Artist schaffte es einmal. Beim zweiten Mal fiel er herunter. Zum Glück hing das Seil nur einen halben Meter über dem Boden. – Schon kam die Pause.

Nach der Pause trat der einzige Artist des Unternehmens nicht mehr mit Perücke und Trikot auf, sondern in Frack und mit silberner Maske.

Der Direktor kündigte nun den großen Silberman an. Zunächst als Zauberer. Das pummelige Mädchen, das in der Pause Bonbons verkauft hatte, erschien im Glitzerbikini. Nach ein paar ziemlich müden Zaubertricks, die man in jedem Spielzeugladen kaufen konnte, wurde ein Käfig hereingerollt. Das Mädchen stieg hinein. Der Käfig wurde abgedeckt und mit Ketten und Schlössern versperrt. Nach längerem Abrakadabra ging das Licht aus.

Der Direktor schlug mit einem Knüppel gegen ein Stück Blech. Gong! Licht an. Im Käfig stand ein Elefant. Der Elefant wurde immer größer und dicker. Bevor er platzte, zischte es hinten an seinem Schwanz. Das Überdruckventil blies Luft ab.

Mister Maborock, dem man erzählt hatte, daß der alte Elefant im letzten Jahr verstorben sei, nahm an, daß es sich um einen Elefanten aus Gummi, um einen aufblasbaren also, handelte.

Die Vorstellung näherte sich ihrem Ende. Der große Silberman trat nun als Cowboy und Kunstschütze auf. Er steckte zehn Kerzen an und schoß die Flammen aus, was keine Kunst war, denn schon die vorbeisausende Kugel löschte sie.

Silberman schoß auf Ballons, durch die Öhre von sechs Äxten, und er schoß seiner Partnerin die Zigarette aus dem Mund. Dann kam der absolute Höhepunkt. Eine Sensation. Vorher sagte Silberman lachend:

„Verehrtes Publikum, ich bin der schlechteste Schütze der Welt. Ich halte immer zwanzig Meter daneben, um zu treffen."

Seine Assistentin legte sich eine Kartoffel auf den Kopf. Silberman zielte nicht auf sie, sondern neunzig Grad nach links auf einen der Stahlträger, der das Zelt stützte. Dann feuerte er. Die am Stahlträger abprallende Kugel schlug sirrend quer, traf die Kartoffel und ließ sie zerplatzen. Applaus. – Mit einem Teller erbettelte das Mädchen kleine Münzen, weil man nicht versichert wäre. Keine Versicherung ging angeblich das Risiko ein.

Maborock dachte nach. Entweder war der Schuß mit der querschlagenden Kugel ein fauler Trick, oder Silberman spielte jeden Abend mit dem Leben seiner Partnerin. Der Winkel, mit dem eine Kugel abprallte und querschlug, ließ sich niemals exakt berechnen. Ein reines Mörderspiel also. Wenn er es jedoch beherrschte, dann war es eine Weltsensation. Zumindest war es eine Weltsensation gewesen.

Zum Schluß erschien Silberman noch einmal als Clown, war aber auch nicht besser als am Anfang. Dann gingen die Leute nach Hause. Man hörte sie über den indirekten Schuß auf die Kartoffel reden. Als Fischer und Jäger verstanden die Norweger etwas von der Sache.

Für Maborock hatte Silberman, mit Ausnahme des Kartoffelschusses, nichts Außergewöhnliches geboten. Zählte man aber alles zusammen, war er universell wie kaum ein anderer Artist. – Maborock mußte diesen Mann haben.

*

Maborock besuchte den Zirkusdirektor im Wohnwagen, einem unaufgeräumten muffigen Trailer, dessen Sperrholzwände in der Feuchtigkeit Wellen schlugen.

„Muß mit Ihnen reden", führte Maborock sich ein und wurde gleich deutlich: „Erstens über Geld."

„Sie kommen von der Sömeland-Bank? Sie kriegen Ihre Zinsen schon."

„Sie sind doch pleite, Mann", antwortete Maborock.

Der angetrunkene Direktor, ein heruntergekommener Fetthaufen, nickte.

„Nix Neues schon seit Jahren."

„Verkaufen Sie mir Silberman", schlug der Besucher vor.

Der Direktor musterte ihn mit seinen wäßrigen Säuferaugen.

„Dann kann ich zusperren."
„Na und?"
„Der Zirkus ist mein Leben."
„Und Silberman ist das unsere", erklärte der Besucher.
„Kommt nicht in Frage."
Maborock war nicht der Mann, der sich abspeisen ließ, wenn er etwas haben wollte.
„Wieviel?"
„Silberman hat Vertrag mit mir. Er wird niemals weggehn."
„Weiß ich", äußerte Maborock. „Er wird polizeilich gesucht und fühlt sich bei Ihnen sicher. Deshalb auch immer die Maske."
„Gesucht wegen einer Dummheit. Wegen Drogen und einer Frau. Er kam damals aus der Fremdenlegion."
Der Besucher winkte ab, als interessiere ihn das nicht, und bot eine stattliche Summe.
„Ich würde es ja tun", jammerte der Direktor. „Bin ja kein kompletter Idiot."
„Nein, komplett nicht", unterbrach Maborock ihn. „Lassen Sie sich was einfallen. Lassen Sie den Zirkus abbrennen."
„Dann spielen wir unter freiem Himmel weiter."
„Machen Sie irgend etwas mit Silberman. Setzen Sie ihn unter Druck."
„Diese Gefälligkeit kann teuer werden, Sir", deutete der Alte an und griff zur Brandyflasche.
„Es gibt keine kostenlosen Gefälligkeiten", entgegnete Maborock und zog ein Bündel Geldscheine aus der Innentasche seines Blazers, große Noten in Grün. Dollars.
„Zehntausend", sagte er.
Der Direktor starrte auf die ungewöhnliche

Summe und dachte lange nach. Endlich zog er ein zerquältes Gesicht, aber wohl nur zur Zierde, und murmelte mit einem Seufzer:

„Verstehe!"

„Wenn du etwas willst", bemerkte Maborock bitter, „und zeigst kein Geld, dann versteht dich keiner. Zeigst du aber Geld, dann versteht dich jeder sofort."

„Klar", sagte der Direktor. „Und wie soll das ganze ablaufen?"

Er putzte sich die Nase mit den Fingern und wischte den Rotz am Pullover ab.

2.

Die zwei jungen Männer waren weitgereist. Sie kannten fast alle Erdteile. Ihre Einsätze hatten sie nach Südamerika und Ostasien geführt. Aber auf Schottlands Erde lagen sie zum ersten Mal.

Der eine bewegte sich etwas nach links, um den Firth, wie hier die tief ins Land reichenden Meeresbuchten genannt wurden, überblicken zu können.

„Fühlt sich hart an, dieses Schottland", sagte er. „Sie geizen mit allem."

„Hast du erwartet, daß Steine eine Federkernmatratze sind?"

„In Italien scheint mir Basalt weicher zu sein als hier."

„Basaltwolle vielleicht", spottete sein Kollege.

Die Frage, warum man sie für diesen Auftrag zu zweit losgeschickt hatte, stellten sie sich nicht. Längst hatten sie aufgehört, an den Entscheidungen der Zentrale herumzurätseln.

Aber sie fragten sich, warum das Ereignis nicht

eintrat, obwohl der Befehl lautete, daß sie ab dem Siebzehnten unbedingt diesen Beobachtungspunkt einnehmen sollten.

„Worauf warten wir eigentlich?" fragte der eine, der genauso aussah wie der andere, seinen Partner.

„Keine Ahnung. Die Order lautet: Position Laxford Firth Scotland, über dem alten Castell."

„Schön, wir sind zur Stelle. Seit sechsunddreißig Stunden. Und?"

Der Wind trieb von See Wolken herüber. Einmal gleißte die Sonne, dann wieder war es, als käme schon die Nacht. Einmal schimmerte das Wasser des Meerarmes kristallklar, dann fast schwarz. Das Grün der Wälder wechselte von hellem Reseda zu der Farbe von schmutzigen Weinflaschen. Ganz wie es dem Spiel der Wolken beliebte.

Der eine Agent, der so blond war wie der andere, ging zum Kombi und holte seine wattierte Jacke. Als er zurückkam, sagte der andere:

„Du hast etwas versäumt, Mlinek."

In den schlauchartigen Firth lief ein Schiff ein. Genaugenommen eine Yacht. Sie war weiß und trotz ihrer mindestens vierzig Meter Länge sehr schnittig. Da sie kaum Abgase aus dem Schornstein blies, war anzunehmen, daß sie von Turbodieseln angetrieben wurde.

„Solch elegante Zossen bauen sie nur in Italien", sagte der, der das Fernglas hatte.

„Eine Hochseeyacht also."

„Mindestens."

„Ob das die Nummer eins ist?"

„Was sonst sollte ein Kahn an dieser verlassenen Seeräuberküste."

Die Yacht kam mit langsamer Fahrt herein,

passierte das alte schottische Schloß nahe dem Ufer, wendete und schickte sich an zu ankern.

Als die Yacht den Beobachtern ihr Heck zeigte, konnten sie den Namen lesen. Er bestand aus einer Reihe am Spiegel verschraubter Messingbuchstaben.

„Julia", entzifferte der mit dem Glas.

Der andere hatten Falkenaugen.

„Hinter Julia steht noch etwas."

„Drei Striche."

„Das bedeutet römisch drei, also Julia die Dritte."

„Von mir aus", sagte der mit dem Fernglas. „Aber wo bleiben die anderen?"

*

Am Nachmittag war in dieser Einöde auf einmal mehr los als sonst in einem Jahr.

Über die schmale Straße, die sich zwischen Feldsteinmauern durch die hügeligen Schafweiden wand, staubte eine Limousine.

„Rolls-Royce", konstatierte Agent Ukow, der jetzt die Wache übernommen hatte.

Wenig später vernahmen sie das Geräusch eines Hubschraubers. Ukow holte seine Kamera aus der Umhängetasche und schraubte das Teleobjektiv ein.

„Erst passiert gar nichts, du denkst du bist am Arsch der Welt, und dann alles gleichzeitig. Wen knipse ich zuerst?"

Die Frage erübrigte sich. Der Hubschrauber war noch nicht zu sehen, aber der Rolls-Royce stand in bester Position.

Der Agent drückte den Auslöser. Die Nikon-

Motor zog mit summendem Klicken den Film durch und schoß eine Aufnahme nach der anderen.

Kaum hatte der Rolls die Kurve zu dem alten Castell genommen, als der Hubschrauber über die Kuppe eines Berges schwenkte. Es war ein Bell. Zweimotorig für Leute, die Angst hatten, eine Turbine könnte ausfallen, und sie könnten herunterfallen.

Das Tele schwenkte mit dem Hubschrauber mit. Der Agent stellte scharf und machte wieder eine Reihe von Aufnahmen.

Mlinek hatte den Bell 222 im Glas verfolgt.

„Im Hubschrauber sitzt nur ein Mann."

„So allein wie der im Rolls-Royce."

„Ob die zu arm sind, um sich einen Fahrer oder einen Piloten zu leisten."

„Eher zu reich", spottete der Kollege.

„Du meinst, reiche Leute haben was zu verbergen. Deshalb kommen sie solo."

Von der Yacht war eine Gangway zum felsigen Ufer gelegt worden. Während der Rolls vor dem Castell anhielt und der Hubschrauber hinter der Mauer landete, bewegte sich von der Yacht jemand an Land. Er war mittelgroß, schlank und trug Mantel und Hut.

„Und Brille", sagte der mit dem Fernglas. „Ziemlich dunkle Gläser. – Und Stock."

„Einen weißen", ergänzte der andere. „Ein Blindenstock."

Die Person von der Yacht tastete mit dem Stock über die Stufen und verschwand bald zwischen den Felsen.

Weiter oben, am Rolls-Royce, war rechts die Tür aufgegangen. Aber niemand stieg aus. Etwas Verchromtes blitzte in der Sonne, ein Gestell aus

Stahlrohren, gummibereiften Rädern und Leder. Die Hände eines Mannes falteten es geübt zu einem Behindertenrollstuhl auseinander. Nun wurde der Rollstuhl neben die offene Tür gezogen, und ein Mann stemmte sich mit Schwung hinein. Er schlug die Autotür zu, griff in die Räder und arbeitete sich so zum Eingang des Schlosses vor.

„Ein Blinder und ein Lahmer", sagte Ukow. „Und der dritte?"

„Was bleibt noch?"

„Ein Gehörloser."

„Versammelt sich hier eine Krüppelkonferenz?"

„Scheint so."

Noch einmal taucht der Blinde mit dem Stock an der steilen Treppe auf. Dann ging er in den Schloßhof.

„An so was stirbt man nicht", bemerkte Mlinek.

„Besonders dann nicht, wenn man Milliardär ist."

„Sind sie das?"

„Man hört so einiges."

„Na ja, jeder ist seines Glückes Schmied. – Und seines Todes."

Der mit dem Fernglas blickte den Kollegen mit der Kamera an.

„Was hast du noch gehört, Ukow?"

„Ich kombiniere nur. Wir sollen die Umstände dieser Konferenz in allen Einzelheiten ermitteln."

Sie montierten ein Dreibein unter das Richtmikrofon, das wie eine meterlange dicke Wurst in einer Stoffhülle aussah. Auf einen Kilometer Entfernung war damit sogar das Krabbeln eines Maikäfers zu vernehmen. – Aber was sie auch versuchten, sie bekamen nichts auf das Tonband.

Als sie endlich etwas zu hören glaubten, waren es keine Sprachgeräusche.

„Sie benutzen einen Störgenerator.“
„Nimm eine andere Frequenz.“
„Ich hatte geraten, das Schloß zu verwanzen.“
„Dazu fehlte die Zeit.“
„Nur Rauschen. Verdammt! Und was jetzt?“
Mlinek wälzte sich auf den Rücken und steckte sich eine Zigarette an.
„Nichts geht mehr“, sagte er.
„Die haben Vorsorge gegen Lauschangriffe getroffen. Also haben sie etwas ungeheuer Geheimes zu bereden.“
„Dann müssen wir zusehen, daß wir wegkommen“, schlug Mlinek vor. „Vielleicht haben sie auch Vorsorge gegen Späher getroffen.“
Sie packten ihre Ausrüstung zusammen.

*

Auf der Fahrt im gemieteten Landrover zu der Stadt mit dem unaussprechbaren Namen Inchnadamph saß Ukow hinten und entwickelte den Film in der Patentdose.
„So geht er noch mit Luftpost nach Zürich“, sagte er.
Der Fahrer arbeitete in Gedanken schon an dem dazugehörigen Wortbericht.
„Ist es wirklich so eilig?“ fragte er.
„Noch dringender.“
„Was die in der Zentrale wohl wieder vorhaben?“
„Ist das unsere Sorge?“
„Meine einzige Sorge ist“, scherzte der Fahrer, „daß ich in dem Job eines Tages aufwache und alt bin.“
„Besser alt als tot.“
„Mag sein, daß tot noch wahrscheinlicher ist.“

Der Agent hinten schüttelte die Plastikdose mit der Entwicklerflüssigkeit und lachte mit einemmal.

„Worüber freust du dich?“ fragte Mlinek.

„Stell dir vor, die drei vom Schloß würden nur simulieren.“

„Am besten kann immer der täuschen, der in dem Rufe steht, sonst niemanden zu täuschen. Möglich ist alles.“

„Haben sie diesen Ruf?“

„Dazu müßte ich wissen, wer sie sind“, antwortete der Fahrer. „Guter Ruf, schlechter Ruf – ein schlechter Ruf ist schlimm, aber schlechte Gesundheit ist noch schlimmer.“

Für den Rest des Tages taten sie alles, um ihren guten Ruf als zuverlässige Rechercheure zu wahren.

Sie fertigten den Bericht so umfassend wie nötig, aber so kurz wie möglich an und legten die Negative bei.

Das Postflugzeug, das um 21.00 Uhr von Inverness nach London abging, hatte die Sendung an Bord. In London kam das Päckchen in den Sack, den die Frühmaschine nach Zürich mitnahm. In Zürich würde es der Expreßbote sofort zustellen. – Falls nicht irgendwo in dieser Kette wieder gestreikt wurde.

3.

In einer Julinacht fegten Stürme über Norwegen. Mancherorts nahmen sie Orkanstärke an.

So eine Orkanbö hatte keine Mühe Häuser abzudecken.

In Gudvangen, wo ein kleiner Wanderzirkus

gastierte, riß sie dessen mürbes Zelt in Fetzen und wehte es bis in den Sognefjord.

Jammernd lief der Direktor herum und beschuldigte denjenigen, der die Pflöcke nicht fest genug in die Erde geschlagen hatte. Das war unnötig, denn für den Zeltaufbau war er selbst verantwortlich. Doch so etwas vergaß er, speziell wenn er unter Alkohol stand, was in diesem Sommer fast immer der Fall war.

„Dann eben ohne Zelt", sagte er zu dem Riesen mit der Glatze und den durchsichtigen Augen.

„Im Freien?" fragte Silberman ungläubig.

„Ja, unter dem Sternenzelt."

Silbermans Assistentin hatte vom Wohnwagen aus zugehört. Sie trat, nur mit Bikini und Küchenschürze bekleidet, in die Tür.

„Ohne mich. Ich trete nicht ohne Dach überm Kopf auf."

Der Direktor tat erstaunt.

„Wer fragt die denn?" wandte er sich an Silberman.

„Keiner", antwortete Silberman, versetzte ihr einen Klaps hintendrauf, und die Assistentin verschwand. – An diesem Tag nur ins Innere des Wohnwagens, aber zwei Tage später für immer.

Silberman war geknickt.

„Das habe ich ihr nicht zugetraut", äußerte er immer wieder. „Nicht zu fassen. Ich habe sie in Oslo auf der Straße aufgelesen. So eine Kanaille."

„Ohne Geld kommt sie nicht weit."

Silberman nahm seine Brieftasche und schüttelte sie aus.

„Sie hat alles mitgenommen."

„Was war drin?"

„Paarhundert Kronen."

„Das ist Raub.“

„Ich war es ihr schuldig.“

„Warum bezahlst du sie nicht?“

Silberman nahm dem Alten die Flasche weg und trank.

„Weil du mich nicht bezahlst.“

Der Direktor setzte sich und zog seinen Artisten auf einen zerfledderten Campingstuhl.

Der Alte stank und sah in letzter Zeit aus, als hätte man ihn in Spinnweben gewickelt, einfach zum Erbarmen. Das wußte er auch und machte daher ein Geständnis:

„Ich bin pleite.“

„Das warst du immer.“

„Diesmal echt. Diesmal geht es nicht mehr weiter. Ich habe nur noch eine Marschrichtung. Ins Asyl.“

Silberman blickte in die sinkende Sonne.

Gestern keine Vorstellung, heute keine, morgen keine, niemals mehr eine. Aber er hatte noch seinen Ford, seinen Wohnwagen, seine Waffen und seine Gesundheit.

„Ich versuch’s bei Sarrasani.“

Der Alte winkte müde ab.

„Mitten in der Saison keine Chance. Und was willst du bieten?“

Silberman lachte bitter.

„Bin ich denn gar nichts?“

„Du bist Spitze.“

„Die Querschlägernummer ist einzigartig auf der Welt.“

„Und genau die nimmt weder ein Zirkus noch ein Cabaret ins Programm. Sie ist zu gefährlich.“

Sie schwiegen immer länger.

„Hast du noch Geld für Benzin, damit ich hier wegkomme?“

„Nicht eine Krone."

„Dann", entschied Silberman, „verkaufe ich morgen meine Waffen."

Als er sie zu einem Antiquitätenhändler nach Bergen bringen wollte, waren die Waffenfutterale leer. Seine zwei silbernen, feinziselierten, mit echten Perlmuttgriffen versehenen Colts waren weg. Und auch die Gewehre.

Sie suchten danach und dann nach Spuren von Einbrechern. Aber in dem Dreck und Morast des Campingplatzes war nichts zu finden.

Silberman saß herum und war so fertig, wie nie zuvor in seinem Leben.

Allmählich, dachte er, geht das nicht mehr mit rechten Dingen zu. Soviel Pech auf einmal, das gibt es nicht.

Und dann tauchte auch noch die Polizei auf.

*

Das beste Hotel zwischen Oslo und Sizilien war es nicht. Es gab noch Zimmer ohne fließendes Wasser. Eines davon hatte Silberman gemietet.

Er rechnete gerade durch, was er sich zum Abendessen leisten konnte – ein Stück Fisch mit Brot oder Chips mit Soße – , als es klopfte.

Silberman hatte einen gefälschten Paß und immer Angst vor dem Polizisten, der die Fälschung entdecken würde. Obwohl gefälschte Pässe, wenn sie alt wurden, immer mehr den echten glichen.

Er antwortete nicht. Der Mann draußen klopfte hartnäckig und rief seinen Namen.

„Was wollen Sie?"

„Haben Sie meinen Brief erhalten?"

„Welchen?“ fragte Silberman.

„Ich bin Maborock.“

Silberman sperrte auf.

Der Besucher strömte Eleganz und Kultiviertheit aus. Er musterte erst Silberman, dann das Zimmer, und schon wußte er Bescheid.

„Darf ich Sie zum Essen einladen?“

„Immer“, sagte Silberman.

Sie fuhren mit dem schwarzen Oberklasse-Mercedes durch die Stadt zu einem Restaurant am Hafen. Es war nicht zu fein und nicht zu schäbig, so daß Maborock sich schon darin sehen lassen konnte und Silberman gerade noch. Immerhin waren seine Jeans nicht zerrissen und sein Pullover sauber.

Sie wählten von der Karte, bestellten Bier, weil Wein in Norwegen nicht zu empfehlen war.

Maborock wurde gleich direkt.

„Es geht Ihnen schlecht.“

„Was wollen Sie von mir?“ fragte Silberman hellhörig.

„Sie mußten Ihren Ford verkaufen, um für kurze Zeit über die Runden zu kommen.“

„Was kümmert Sie das?“

Maborock, ganz überlegener Weltmann, steckte sich eine Dunhill mit einem goldenen Dunhillfeuerzeug an.

„Eigentlich“, gestand er, „sind mir Leute wie Sie zuwider, Silberman.“

„Warum machen Sie sich dann an mich heran?“

„Ich schätze Ihren Geruch nicht.“

„Niemand zwingt Sie, ihn einzuatmen.“

„Aber wir brauchen Sie . . .“

„Moment mal“, unterbrach Silberman ihn. „Wer ist wir?“

„Wir sind ein Konsortium“, wich der Amerikaner

oder Engländer – oder was er war – aus. „Eine Interessengruppe."

Silberman strich sich über die Glatze, die aussah wie ein abgeschleckter Pudding, und brummte vor sich hin. Eigentlich war es mehr ein Summen, wie das von sechs Wespen im Sommer.

„Aber ich bin nur ich", trumpfte er auf.

Wie er so dasaß, groß, massig, muskulös und mit seinen durchsichtigen Augen, konnte er beeindrukken. Nur nicht einen Mann wie Maborock, der über ihn Bescheid wußte und der dazu beigetragen hatte, daß er in diese verteufelte Lage geraten war.

„Fünfzigtausend Dollar", bot der Fremde Silberman.

„Wofür?"

„Für nichts, was Sie nicht schon getan haben."

„Jeder hat mal was getan, das er nie wieder tun würde", entgegnete Silberman.

„Alles ist eine Preisfrage."

„Sie meinen, wer es einmal tat, der kann es und wird es noch einmal machen."

Maborork nickte.

„Vor allem dann, wenn er es gerne tat. Und Sie taten es gerne, wie ich hörte."

Silberman stand ganz langsam auf. Er wollte gehen. Doch Maborock hielt ihn am Pullover fest.

„Bei mir verläßt keiner den Tisch ohne meine Erlaubnis." Es klang scherzhaft, war aber ernst gemeint. Genau das war es wohl, was Silberman wieder auf den Stuhl zwang.

„Worauf spielen Sie an?" wollte er wissen.

„Ich bin kein Polizist", fuhr Maborock fort. „Ich erinnere Sie nur an Ihre Zeit als Legionär. Sie galten damals als der eiskalte Killer des Regiments."

„Das war in Indochina. Lange her.“

„Es ist egal, wo man killt.“

„Und es waren gelbhäutige, schlitzäugige Katzen.“

„Menschen“, verbesserte Maborock.

Silberman hob drohend seine Hand.

„Jetzt hören Sie mal gut zu, Sir“, sagte er. „Es war Krieg. Im Krieg schlagen die einen die anderen tot, weil sie sonst totgeschlagen werden, wenn sie es nicht tun.“

Über Maborocks Gesicht huschte ein Lächeln des Einverständnisses.

„Es ist wieder Krieg.“

„Ihr Krieg vielleicht.“

„Wir kommen uns näher, Mister Silberman.“

„Aber was geht mich Ihr Krieg an.“

„Fünfzigtausend Dollar“, sagte Maborock, „für den ersten. Für die nachfolgenden verdoppelt sich jeweils das Honorar.“

„Leute abknallen“, fragte Silberman entsetzt. „Einfach so?“

„Abknallen, vergiften, erschlagen, erdrosseln, ersticken, ersäufen – das wäre dann Ihr Problem.“

Der Aperitif wurde serviert. Sie tranken den rosagefärbten Champagner und knabberten Crakker dazu.

„Da mache ich nicht mit“, sagte Silberman.

*

Beim ersten Gang erzählte Maborock Silberman ein wenig aus dessen Leben.

„Sie sind in keiner Disziplin etwas Besonderes. Nie gewesen. Aber Sie sind in einer Menge Sachen recht gut. Die körperliche Wendigkeit haben Sie gelernt, wo Sie aufwuchsen, nämlich im Zirkus. Härte hat man Ihnen in der Legion beigebracht. Dort entdeckte man auch Ihr Talent im Umgang mit Waffen. Und intelligent sind Sie auch. Waren Sie nicht der beste Schachspieler in der Schule, beim Militär und überall wo Sie hinkamen."

„Mord ist etwas anderes."

Silbermans Einwand klang schon nicht mehr so überzeugt wie vorher.

„Ein ausgeführter Mord ist der Wind von gestern, Mister Silberman."

Das Steak war vorzüglich, das Dessert nicht weniger.

„Und wie stellen Sie sich das vor?" fragte Silberman schon ein wenig angetrunken.

„Erstes Gebot: Absolute Geheimhaltung. – Zweites Gebot: Veni, vidi, vici, wie der Lateiner sagt. Kommen, umschauen, siegen. Dann wird man Sie niemals entdecken, denn Sie haben eines nicht – ein Motiv."

„Und wo werde ich eingesetzt?"

„Europa und Übersee. Das ist noch nicht abzusehen."

„Gegen wen?"

„Superreiche, denen es besonders wehtut. Es sind alles Bestien."

Silberman legte die Kuchengabel weg.

„Fremde Schmerzen ertragen sich leichter als die eigenen, meinen Sie."

„Aber Armut und Hunger tun mächtig weh, oder?"

Sorgfältig legte Silberman die Serviette zusammen und erhob sich.

„Sie zahlen, denke ich."

„Und Sie denken nach, Silberman."

„Okay, ich denke nach“, versprach Silberman.

„Aber denken Sie richtig“, riet Maborock ihm, „wenn Sie aus dem Dreck herauswollen.“

Zwei Tage später rief Maborock im Hotel an.

„Sie können auf mich zählen“, sagte der Kunstschütze.

„Wir haben uns nie gesehen“, forderte Maborock.

„Nie im Leben.“

„Von jetzt ab alles telefonisch.“

„Falls Sie mich erreichen.“

„Ich weiß immer, wo Sie sind“, prahlte Maborock. „Wenn Sie jetzt auf Ihr Zimmer gehen, finden Sie unter dem Teppich einen Umschlag mit zehntausend Dollar als Anzahlung. Machen Sie äußerlich einen anderen Menschen aus sich. Nicht übertrieben, aber seriös. Keine Jeans, keine Turnschuhe, keine Shirts. Order folgt. Nach Erledigung erhalten Sie den Rest.“

Von da ab sah Silberman seinen Auftraggeber nie mehr, solange er lebte.

4.

Das Bauernmädchen Maria, genannt Mirl, saß neben ihm im Bett, nackt, bis auf eine Haarspange. Die Sonne fiel durch die Jalousien herein, und ihr Rücken bekam Zebrastreifen.

Sie war etwa zwanzig, hellhäutig, aber mit dunklem Haar und schweren südländischen Augenliedern. Für Robert Urbans Geschmack war sie zu mager, aber so frech wie ihre niedlichen Titten.

Beinah explosionsartig warf sie sich auf ihn und liebte ihn mit rasender Lust. Sie hätte den ganzen

Nachmittag so weitergemacht, wenn das Telefon nicht immer wieder gegangen wäre.
„Mußt du nicht mal ran?“ fragte sie.
„Längst schon.“
„Und warum tust du es nicht?“
„Ich mag deine Schamlosigkeit“, gestand der BND-Agent Nr. 18.
„Meine einzige Tugend.“
Das Telefon schrillte wieder.
Sie sprang aus dem Bett. Ihre knochige Wirbelsäule ging in einen blassen, flachen Hintern über. Aber die Dünnen, die hatten es in sich.
Sie brachte ihm das Telefon an der langen Schnur ins Schlafzimmer seines Tiroler Jagdhauses. Er nahm ab, hörte, antwortete, überlegte eine Ausrede und merkte bald, daß es keine gab.
„Urlaub zu Ende?“ fragte sie später.
„Er hat noch gar nicht angefangen.“
„Wohin mußt du?“
„Durch den Wald.“
„Wo wir uns zum ersten Mal . . .“
„Dein Jeep hatte kein Benzin mehr.“
„Falsch, dein BMW saß bis zur Unterlippe im Dreck.“
„Kein Grund“, sagte er, „mit einem Mann gleich in die Fichtenschonung zu marschieren.“
„Es war zum ersten Mal und an der Zeit. Und du warst sehr nett, du Bastard.“
„Bastard! Lernt man solche Ausdrücke bei den Nonnen am Lyzeum in Salzburg?“
Sie holte aus, wollte zuschlagen, verfehlte ihn aber.
Lachend stand er auf, duschte und zog sich an. Sie bereitete einen Imbiß. Dann brachte sie fix das Haus in Ordnung.

„Ich verdufte auch", sagte sie.

Ihr Vater, der Großagrarier, Mühlen-, Sägewerk- und wer weiß was Besitzer, würde sich schon Sorgen machen, was sie so lange in Kufstein aufgehalten hatte.

„Sieht man sich wieder?" fragte sie.

„Kann sein."

„Laß es nicht Weihnachten werden."

Sie hielten ihre Liebschaft geheim, damit sie ihren guten Ruf als Jungfrau behielt und eines Tages ein *braver Bursch*, wie sie sagte, um ihre Hand anhielt. Sie mochte Urban, aber sie sagte es nie, sie zeigte es nur.

Im übrigen war sie wie eine Katze. Katzen waren nicht nachtragend, weil sie sich an niemanden erinnerten. Nur ab und zu wollten sie gefüttert werden.

*

Er lag in einem sumpfigen Wasserloch unter seinem Rollstuhl.

„Ein besonderes Jagdmodell", erklärte der österreichische Kriminalbeamte. „Er soll behindert gewesen sein."

„Ist das sein Jagdrevier?" fragte Urban.

„Ja, so weit Sie sehen können, über Berge, Täler und Wälder. Zweitausend Hektar. Gehört alles ihm."

„Name?" fragte Urban, das Goldmundstück seiner MC-Zigarette kauend, obwohl er den Toten längst erkannt hatte.

„Henkel."

„Der von Persil?"

„Nein, Doktor Tobias. Industrieller und Bankier."

Wer Dr. Tobias Henkel war, wußte Urban, nämlich einer der reichsten Leute zwischen New York und dem Ruhrgebiet. Doch er stellte sich dumm. So erfuhr man mehr.

„Abschüssiges Gelände. Er fand wohl die Bremse nicht", bemerkte er.

„Es war Mord."

„Entsprechende Verletzungen? Wunden?"

„Nein. Aber den Rollstuhl schob wohl einer an. Wir fanden Abdrücke von Gummistiefelsohlen. Ein Warenhausmodell."

„Ich soll mir das ansehen", sagte Urban. „Sonderwunsch aus Bonn."

Er hielt die Augen offen und den Mund geschlossen.

Später kam der Kriminalbeamte wieder und fragte:

„Schon was gefunden?"

„Nein."

„Armer Hund mit viel Geld, dieser Henkel, wie?"

„Aber jetzt", meinte Urban, „ist er verdammt arm dran."

Eine Gruppe von Polizisten mit Hunden hatte die Radspur des Krankenfahrstuhls zurückverfolgt.

„Hier beginnen die Gummisohlenabdrücke", rief einer.

Man sah es deutlich im weichen Boden des Waldweges. Die Schuhspuren verliefen zwischen den Abdrücken der fahrradbreiten Reifen.

Einer der Förster nahm die Pfeife aus den Zähnen.

„Das war früher ein Holzziehweg. Doktor Henkel ließ alles glattwalzen, damit er mit dem Rollstuhl quer durchs Revier fahren konnte. Er ließ auch die Steigungen etwas einebnen, damit es nicht soviel Mühe kostete. Denn auf einen Motor verzichtete er, um das Wild nicht zu verscheuchen."

„Und wie gelangte er auf den Hochsitz?" erkundigte Urban sich.

„Jeder Hochsitz hat einen Aufzug, wie man sie im Baugewerbe verwendet, um Zementsäcke und Ziegelsteine nach oben zu befördern. Allerdings werden die Aufzüge von einer lautlosen Hydraulik bewegt."

„Und die Hydraulik?"

„Von einem in die Erde vergrabenen Elektromotor", führte der Förster aus. „Das ganze Revier ist mit kilometerlangen Strom- und Telefonkabeln überzogen. Hat Millionen Schillinge gekostet. Aber so konnte Doktor Henkel seinem einzigen Hobby nachgehen: der Jagd."

„Und immer allein", fügte der Kriminalbeamte hinzu.

„Immer allein", bestätigte der Förster. „Er war ein Mann, dem niemand zu nahe treten durfte. Nicht nur auf der Jagd."

Die Hunde schnüffelten im Gebüsch herum.

„Hier muß der Täter gewartet haben", meinte der Kriminalbeamte im landesüblichen Trachtenanzug.

Sie begannen zu rekonstruieren.

Henkel war mit seinem Rollstuhl vorbeigekommen. Der Täter hatte im Gebüsch gewartet und war ihm bis zur Kuppe des Hügels gefolgt. Dort hatte er sich ins Zeug gelegt und den Rollstuhl mit Schwung bergab geschoben, daß kein Bremsen und kein Lenken mehr half.

Ein Daimler-Geländewagen kam von dem Moorteich herauf. Er hielt an. Der Arzt, der neben dem Fahrer saß, sagte:

„Einwandfrei Tod durch Ertrinken. Keine Würgemale et cetera. Aber wir müssen die Leiche erst säubern. Schriftlicher Befund kommt morgen.“

Die Polizisten suchten weiter das Gebüsch ab, fanden aber nur niedergetretenen Farn und die abgeknickten Äste von dürrem Gestrüpp.

„Irgendwie muß der Täter ja hergekommen sein“, äußerte Urban.

„So wie das Opfer, wie Sie und ich“, stimmte der Inspektor von der Mordkommission ihm zu. „Mit dem Automobil.“

Sie gingen weiter. Nach einem halben Kilometer sahen sie in einer Lichtung zwischen den Bäumen eine schwarze Limousine stehen.

Es handelte sich um einen extralangen Rolls-Royce vom Typ Silver Spur mit Spezialausstattung. Der Wagen war mit einem schwenkbaren Fahrersitz versehen, damit der gehbehinderte Henkel seinen Rollstuhl erreichen konnte. Der Wagen hatte Automatik und eine mit der Hand zu betätigende ABS-Bremse.

„Und Autotelefon natürlich“, erwähnte der Kriminalbeamte.

„Und CB-Funk“, fügte Urban hinzu.

„Mercedes war ihm wohl nicht mehr fein genug.“

„Oder zu billig“, spottete Urban. „Für den Rolls kriegen Sie glatt zwei Fünfhunderter.“

„Ein Rolls ist eben doch das Vornehmste.“

„Kommt darauf an, wo Sie wohnen“, schränkte Urban ein. „Für Hamburger Reedersleute mag das zutreffen. In München gilt ein Rolls eher als unseriös.“

Sie diskutierten nicht weiter über Autos, sondern

stellten fest, daß der Rolls auf der Fahrerseite durchnäßte Sitzpolster und Teppiche hatte.

„Der Regen heute nacht."

„Dann war die Tür offen."

„Henkel konnte ja nicht damit rechnen, daß das seine letzte Pirsch sein würde."

„Wann ist es passiert?"

„Vor etwa vierzig Stunden, meint der Arzt."

„Und wer kam darauf, daß etwas geschehen sein könnte?"

„Die Haushälterin oben im Schloß. Henkel fuhr am Nachmittag ins Revier und wollte bis zum Abendessen zurück sein."

„Das war vorgestern", unterbrach Urban den Inspektor.

„Daß er länger ausblieb, war nicht ungewöhnlich. Erst als man beim Servieren des Frühstücks sein Bett leer fand, rief die Haushälterin die Nummer seines Autotelefons. Ohne Erfolg. Also versuchte sie es über CB-Funk. Wieder keine Antwort. Dann muß sie es wohl der Konzernzentrale gemeldet haben. Von dort wurden die Förster alarmiert und dann wir."

Urban hatte genug gesehen und gehört, um im Hauptquartier in Pullach vom Tatort berichten zu können.

„Was ist Ihre Meinung?" fragte der Kriminalbeamte. „Sie gelten doch als eine Art Weltexperte."

„Schwer zu sagen."

„Diesen Doktor Henkel wollte doch irgend jemand aus dem Wege räumen."

Urban massierte sein Kinn.

„In dieser Richtung können wir ruhig weiterdenken."

Der Inspektor begleitete ihn bis zu seinem stahlblauen BMW. Das Coupé zeigte rundum Kampfspuren.

„Weiter unten wird es morastig“, warnte der Österreicher. „Ob Sie mit dem Rennauto da hinauskommen?“

„Ich kam auch herein“, sagte Urban.

*

Die Autobahn Salzburg-München kam ihm immer so vor, als hätte man eine Schnur gezogen und die Autobahn daran entlanggebaut.

Er sparte nicht mit dem Gasgeben. Der Verkehr war mäßig an diesem frühen Abend. Nur was sie im Radio brachten, mißfiel ihm. Überall nur Pop. Eine Nummer klang wie die andere.

Vielleicht sind wirklich alle Lieder gleich, dachte er.

Eine Stunde später lieferte er in der Operationsabteilung seinen Kurzbericht ab.

Oberst im Generalstab außer Diensten Sebastian, Urbans Vorgesetzter, wirkte unzufrieden. Er rollte seine absolut indiskutable Krawatte zwischen den Fingern nach oben auf und nach unten wieder ab, ging ein paar Schritte auf seinen kurzen Beinen und setzte sich wieder. Seinem Dackelgesicht entfuhren Knurrtöne, wie einem Hund, der Hunger hatte, aber nichts zu fressen bekam.

„Hintergründe!“ forderte er. „Hintergründe?“

„Erstens“, antwortete Urban, „dürften sie nicht dort zu finden sein, wo man Henkel umbrachte.“

„Sondern?“

„Wo er arbeitete und immer mehr Macht zusammenraffte. Zwischen Frankfurt, Wanne-Eickel und Castrop-Rauxel.“

„Zweitens?“ Der Alte hatte eine ungeduldige Stimme, die sich am Ende des Wortes hob und ein Fragezeichen bildete.

„Zweitens sind wir innerhalb der Grenzen der BR Deutschland nicht zuständig.“

„Computer- und archivmäßig schon.“

„Drittens: Was geht uns dieser Sonderling an?“

„Vielleicht mehr, als uns lieb ist.“

Urban war rechtschaffen müde. Nicht, daß es ihn schlauchte, wenn er wie heute zehn Stunden auf den Beinen war. Es lag an den Nächten vorher, an der Tochter des Försters vom Silberwald, wie er die fröhliche Maria, abgekürzt Mirl, manchmal nannte.

„Viertens befinde ich mich derzeit in einen regulären verlängerten Wochenendurlaub.“

„Leute wie wir sind immer im Dienst“, schnarrte der Alte. „Anhand einer Sache wie der Ermordung von Doktor Henkel sind stets eine Menge Personen beteiligt.“

„Es mögen noch so viele beteiligt sein“, entgegnete Urban, „einer ist immer der Schuldige.“

„Einer oder viele. Henkel war ein Faktor in diesem Land. Seine Fabriken, Walzwerke, Hütten, Banken sind es immer noch. Kann sich daraus eine Gefahr entwickeln, ja oder nein? – Was wird gespielt?“

„Rufen Sie doch mal in Köln und in Wiesbaden an, beim Verfassungsschutz und Bundeskriminalamt. Vielleicht wissen die mehr.“

Der Alte ließ sich ungern vorschlagen, was er zu tun hatte, auch wenn es nötig war, weil er manchmal wirklich einen Rat brauchte. Er bekam kleine Augen, das Kinn fiel ihm herunter. Außerdem rötete sich seine Kopfhaut.

„Wäre das nicht Ihre Sache!“ bellte er.

„Nein", stellte Urban klar. „Ich bin Operativagent in einem Geheimdienst, dessen Tätigkeitsbereich jenseits der Landesgrenzen beginnt."

Der Glaube an sein Können gab ihm immer ein Gefühl von Überlegenheit. Es war die Quelle seines Selbstvertrauens und das Geheimnis seines Erfolges.

„Und ich fordere Sie auf!" tönte der Alte lautstark.

Wenn gekläfft wurde, schaltete Urban seine Mikrofone ab. Er ging hinaus, fuhr nach Hause und wunderte sich nur, warum er so lange gebraucht hatte, um dahinterzukommen, daß Sebastian ein Vollidiot war.

*

Daß sich Urban weiter mit dem Fall Tobias Henkel befaßte, diente vorwiegend der Befriedigung seiner Neugier.

Am nächsten Morgen telefonierte er mit einigen guten Leuten beim Bundeskriminalamt.

Er brauchte nicht zu sagen, was er auf dem Herzen hatte, sie wußten es bereits. In diesen Tagen gab es nur ein Gesprächsthema: der Mord an dem Industrie- und Finanzgiganten Henkel.

„Wir sind dabei, alles über diesen Typen zusammenzutragen", erklärte man Urban, „damit Interpol loslegen kann. Der Mord hat natürlich kein Motiv, das in einem deutschen Gewürzgärtchen gedeiht, sondern internationale Dimensionen."

Mit wem Urban auch sprach, sie verwendeten alle große Worte, als stehe etwas Ungeheueres hinter diesem mysteriösen Todesfall, hoch und dunkel wie eine Gewitterfront.

„Geerbt hat Henkel den Konzern in recht ordentlichem Zustand von seinem Großvater“, hieß es. „Eigentlich sollte sein Bruder den ganzen Kram bekommen. Man hielt ihn für den geborenen Manager, während Tobias, der Jüngere, mit einem Gebrechen zur Welt kam. Mit verkrüppelten Beinen, ohne Kniegelenke oder so. Aber sein Bruder, der begabte, starb an Kinderlähmung. So erklomm Tobias nach seinem Studium den Chefsessel.“

„Und wie oft ist der Schlechtere der Bessere“, bemerkte Urban.

„Er puschte seinen Konzern zu Milliardenumsätzen und konstruierte ihn so, daß nur einer das Sagen hatte, nämlich er. Von niemandem ließ er sich hineinreden, weder von Aufsichtsräten noch von Gewerkschaften oder Banken. Er pflegte zu sagen: Ich bin mein eigener Aufsichtsrat, meine eigene Gewerkschaft und meine eigene Bank. Er heuerte und feuerte, wie es in den USA üblich ist. So züchtete er sich eine Riege erstklassiger Manager heran. Und der Erfolg gab ihm recht. Die HIH, Henkel Industrie Holding, verdiente im letzten Jahr mehr als Mercedes-Benz.“

„Deshalb fuhr er auch Rolls-Royce“, höhnte Urban.

„Ja, bei Rolls ist er ebenfalls beteiligt. Ganz stark ist er in den USA bei Pittsburgh-Aluminium und so weiter. In Südamerika betreibt er Bergwerke. Silber, Kupfer, Blei. Er fördert auch eigenes Öl, nicht soviel wie die Saudis, aber doch einiges. Ein ungeheurer Konzernbastler. Finanziert sich selbst, macht alles selbst. Ein wahres Perpetuum mobile, dieser Mann.“

Aus anderer Quelle erfuhr Urban, daß Tobias Henkel ein Scheusal gewesen war, ein Antreiber schlimmster Sorte, ein Menschenschinder. Einer, der alles besser wußte, der den Knotenpunkt, die Schaltstelle seines weltweiten Unternehmens eifersüchtig gegen Mitwisser abschottete und hütete wie eine Spinne das Signalzentrum ihres Netzes.

„Er muß an einer großen Sache gestrickt haben", wandte Urban ein.

„Wann hat er das nicht", erfuhr er. „Das hat er immer. Er kaufte Raffinerien auf und Chip-Fabriken, Versicherungen und Zeitungen, noch ehe andere erfuhren, daß sie zum Verkauf standen."

„Aber was hatte er gerade im Visier?"

„Möglicherweise etwas Todbringendes", äußerte Urbans Gewährsmann beim Verfassungsschutz in Köln.

„Kommt der Anschlag möglicherweise aus der Terrorszene?"

„Wohl kaum. Er konnte mit den Israelis so gut wie mit den Arabern. Mit den Machthabern in Beirut so gut wie mit denen in Damaskus, Bagdad und Teheran. Ein Terroranschlag ist auszuschließen."

Urban unterdrückte einen Fluch.

„Zum Teufel, er hatte Direktoren, Assistenten, Sekretärinnen, Diener, Hauspersonal. Einer von denen wird doch etwas bemerkt haben."

„Wir haben sie alle in die Mangel genommen."

„Mit wem telefonierte er?"

„Mit der weiten Welt und dem lieben Gott."

„Wohin reiste er?"

„In Europa stets in seinem gepanzerten Rolls, meist ohne Fahrer, selten mit Begleitung. Zu wichtigen Treffen ging er immer allein. Trotz seiner Behinderung war er ein sportlicher Mann."

„Vielleicht gerade deshalb", vermutete Urban.

„Behinderte wollen meist genau wissen, was sie leisten können. Das ist psychologisch bedingt.“

„Ja, das fürchtet man bei ihnen.“

„Denk an Napoleon. Ein kleines mikriges Kerlchen.“

„Aber wenn er auf dem Schlachtfeld stand, ragte er aus der Ebene wie der Himalaja“, ergänzte der Kollege.

Urban sprach auch mit Interpol Paris und mit Kollegen von anderen Geheimdiensten.

Aus London erfuhr er vom MI-5, dem britischen Inland-Secret-Service, daß Dr. Tobias Henkel erst kürzlich in England gewesen war.

„Er wählte einen ungewöhnlichen Weg“, erzählte der Brite. „Er kam mit der Autofähre von Calais. Der Beamte in Dover erinnert sich an ihn. Er mußte zur Paßkontrolle an den Wagen. Ein RR in Schwarz, Typ Silver Spur. Solche Fahrzeuge mit deutscher Nummer erwecken immer Neugier. – Der Beamte hat das Recht zu fragen und fragte, wohin der Herr zu reisen gedenke. Die Antwort lautete: Zu einem Arzt in Glasgow, wie Sie sehen, bin ich gehbehindert.“

„Henkel dürfte nur absolute Kapazitäten an seinen Körper herangelassen haben“, vermutete Urban.

„Es gibt erstklassige Orthopäden in Glasgow“, erwiderte der britische Kollege, „aber Spitzenmediziner auch wieder nicht. Wir fragten sie alle. Keiner kennt Doktor Henkel. Wahrscheinlich war er nie in Glasgow.“

„Man muß nachforschen“, riet Urban, „ob er dort geschäftliche Interessen verfolgt hat. Gibt es in Glasgow Fabriken, auf die er Einfluß hatte oder an deren Erwerb er dachte?“

„Wir fassen nach“, versprach der Engländer.

Daß sie es nur mit der linken Hand machten, war Urban klar. Sie hatten andere Probleme.

Die Frage nach Dr. Henkels Feinden erübrigte sich. Leute wie Henkel hatten alles, aber keine Freunde.

Doch es mußte Männer seines Schlages geben, andere Industrie- und Finanzbosse, mit denen er seine Deals ausgekungelt hatte.

Urban unterhielt sich mit einem Mann des BND-Archivs, der sich speziell mit weltwirtschaftlichen Daten befaßte.

„Der Kreis jener Personen, mit denen ein Mann wie Henkel kooperierte, ist klein“, erklärte Urban. „Wer hat schon sein Superformat. Ein halbes Hundert vielleicht.“

„Eher weniger“, wurde ihm geantwortet.

„Wer verfolgt ähnliche Ziele?“

„Das muß man analysieren.“

„Wer paßt in das Raster des Dr. Tobias Henkel?“

„Lassen Sie mich nur machen“, bat der mäusegesichtige Typ aus der EDV-Abteilung.

„Zielrichtung Banken, Versicherungen, metallverarbeitende Industrie. Generalrichtung Edelmetalle“, schob Urban nach.

„Danke, das genügt fürs Grobe“, sagte der Mann aus dem Archiv.

Als Urban sein Büro betrat, richtete man ihm aus, daß der Operationschef schon mehrmals angerufen habe und ihn suche.

Prompt rasselte der graue Hausapparat.

Sebastians Bellen hatte sich insofern verändert, als der Dackel jetzt so hungrig war, daß er vor Gier in jede Wade biß.

„Würden Sie mir gefälligst“, wütete er los, „jetzt

vielleicht endlich sagen, wer diesen Doktor Henkel auf dem Gewissen hat.“

Urban steckte sich erst einmal eine MC an.

„Aber ja“, antwortete er genüßlich. „Es war derjenige, der ihn ermordet hat.“

Beim Auflegen hörte er den Alten toben.

Urban fertigte einige Notizen an, fuhr mit dem Aufzug ins Casino und verlangte die Speisekarte.

Der Kantinenfraß war zum Grausen. Er nahm nur Kaffee und einen Cognac dazu. Sahne, Zucker, umrühren.

Urban trank ihn im Stehen.

Der Kaffee war stark und aromatisch. Trotzdem stank ihm der ganze Laden. Es lag wohl daran, daß sie ihm das Wochenende versaut hatten. Ein Coitus interruptus konnte nicht schlimmer sein.

Durch den Lautsprecher kam eine dringende Durchsage. Er wurde aufgerufen und in der Operationsabteilung verlangt.

Schon wieder der Alte. Sebastian brauchte eine Stahlwand, gegen die er seine Schüsse feuern konnte.

Urban fürchtete sich nicht vor ihm. Er kannte kaum Furcht, und wenn je so etwas wie Furcht in ihm aufkam, dann sorgte er dafür, daß sich die anderen noch mehr fürchteten.

Daran lag es also nicht, daß er die Aufforderung überhörte, hinunterging, sich in seinen 633 CSi setzte und wegfuhr.

In Grünwald, drüben auf der anderen Seite der Isar, überlegte er: in die Stadt oder ins Grüne.

Zu Hause hatte er eine Schreibmaschine, auf der sich wunderbare Kündigungen tippen ließen. Der andere Weg führte zur Autobahn nach Kufstein. Nicht weit davon wohnte das Mirl.

Ihr Vater, der Witwer und Großökonom Biermoser, der Steinbruch- und Kiesgrubenmillionär, Wurstfabrikant, Müller und Brotfabrikant, der Brauereibesitzer mit vierzehn Wirtschaften und zwei Hotels, der Waldbesitzer mit Sägewerk und Spanplattenherstellung, war gar kein so übler Bursche. Von ihrer Mutter hatte Mirl ein Weingut in der Wachau geerbt, und geil war sie auch. – Warum sollte er sie nicht heiraten, die Tochter des Försters vom Silberwald.

Dann fuhr er doch lieber nach München hinein.

5.

„Wer, zum Teufel, ist dieser Doktor Tobias Henkel?“ fragte einer der maßgebenden Männern der CIA seinen Sachbearbeiter. „Seit Tagen nervt mich dieser Name. Ich habe ihn vorher nie gehört. Er ist mir kein Begriff.“

„Ist Ihnen die Cosmos-Bank ein Begriff, Sir?“

„Aber ja.“

„Und Midland Oil?“

„Ich tanke meist Midland-Super.“

„Und Pittsburgh-Aluminium?“

„Verdammt, ja! Aber was soll das?“ fragte der Abteilungschef ungehalten.

„Sie alle gehören Dr. Henkel“, gab der Angestellte es ihm zurück. „Und noch einige andere, aber eher unbedeutende Unternehmen mit nur ein paarhundert Millionen Dollar Jahresumsatz.“

Der Abteilungsmanager, ein dunkler Typ mit überall zuviel Haaren, schluckte unauffällig. Untergebenen gegenüber sollte man sich niemals überrascht oder nicht informiert zeigen.

„Na und? Klingt nicht besonders aufregend."

„Henkel ist auch in unserer Wirtschaft ein Faktor."

„Diese verdammten Japaner und diese dreimal verfluchten Deutschen."

„Henkel", fuhr der Sachbearbeiter fort, „war ein ungewöhnlicher Leisetreter, und Leisetreter verkehren wiederum mit Leisetretern."

„Was wollen Sie damit ausdrücken?"

„Daß hier möglicherweise eine Gruppe von äußerst potenten Leuten irgend etwas plant, konstruiert, managt, in die Wege leitet, das uns vielleicht nicht sehr gut gefallen könnte, Sir."

„Warum nicht gefallen könnte?"

„Würden sie es sonst so heimlich tun, Sir?"

Der Abteilungsleiter wurde nachdenklich. – Weil er dabei zu keinem Ergebnis kam, brauste er auf wie eine geschüttelte Sektflasche.

„Und was soll ich dem Direktor vorschlagen?"

„Sir", setzte der Sachbearbeiter an. „Ich würde zu bedenken geben, daß der auf mysteriöse Weise Umgekommene in den USA wirtschaftlichen Einfluß ausübte. Daß er möglicherweise Verbündete hat, zwecks Aufbau einer Connection."

„Ich kenne nur eine Rauschgift-Connection", wandte der bis zu den Fingerspitzen seines Handrückens behaarte Abteilungsleiter ein.

„Es gibt auch andere Connections, bei seltenen Bodenschätzen etwa, oder ist die Diamanten-Mafia in Südafrika keine Connection?"

Dieser Einwand schien den Verantwortlichen aus der zweiten Managerlinie des amerikanischen Geheimdienstes zu beeindrucken.

„Was käme an seltenen Bodenschätzen in Frage?"

„Nun, Sir, zum Beispiel Gold. Es liegt nicht

überall herum und entwickelt sich zu einem für die Raumfahrt, für die Computerindustrie und für die Rüstung unverzichtbaren Material."

„Lassen Sie das mal durchanalysieren."

Der Sachbearbeiter machte eilfertig Notizen, und sein Abteilungschef blickte zur Decke, als käme von dort die Erleuchtung.

„Ja, aber was sage ich dem Direktor? Der verlangt immer Lösungsvorschläge, weil auch der Präsident von ihm Lösungsvorschläge erwartet. Denn Lösungsvorschläge, egal ob sie zu einem Ergebnis führen oder nicht, beruhigen zumindest."

„Vielleicht liegen die Ursachen für den Mord an Dr. Henkel in den USA."

„Sie meinen, irgendwer in diesem Land gab irgendwem den Auftrag, Henkel zu töten – falls es Mord war."

„Die Deutschen sind sicher."

„Dann lassen Sie auch diesen Bereich abchecken."

„Sie meinen die Murder-Corporations."

„Wir sind nicht im Kino der dreißiger Jahre", entgegnete der Abteilungsleiter barsch. „Es genügt, ein paar von den Profis anzubohren."

„Das ist eigentlich mehr das Spezialgebiet des FBI."

In diesem Hause, dem CIA-Headquarters, hörte keiner die Abkürzung FBI, für Federal-Bureau of Investigation also Bundeskriminalpolizei, allzugerne. Das FBI, die härteste Inlandskonkurrenz, war in diesem Fall einfach kompetenter. Und eines mußte man diesen Burschen lassen: sie setzten immer nur Experten ein und versuchten, so rationell wie möglich zu arbeiten.

„Notfalls können Sie sich auch einer Information

aus dem FBI-Bereich bedienen", gestattete der Abteilungsleiter.

Der Sachbearbeiter ging. An der Tür holte ihn der Ruf seines Vorgesetzten ein.

„Mafia", rief er. „Fiel vorhin nicht das Wort Mafia?"

„Pardon, ich meinte natürlich die Cosa Nostra, Sir."

„Das ist ja wohl dasselbe", erwiderte der Mann mit der Affenbehaarung. „Versucht es auch auf diesem Kanal."

Er tat so, als wäre es seine ureigenste Idee.

„Ich aktiviere unser New Yorker Büro", erklärte der Sachbearbeiter.

Als er draußen war, nahm sein Vorgesetzter aus einer kleinen Schachtel eine ziemlich große Pille.

*

Der Spezialist für solche Fälle hieß Walton, Vorname Jimmy P. – Auf das P. legte er besonderen Wert.

Wie alle guten CIA-Leute war er ein unscheinbarer mausgrauer Typ. In den Kreisen des organisierten Verbrechens kannte er sich einigermaßen aus. Er hatte den derzeit führenden Cosa-Nostra-Boß in New York angerufen, war aber nicht weitergekommen als bis zu dessen zweitältesten Sohn.

Sie trafen sich in einem Restaurant im Künstlerviertel Chelsea. Das Licht war für einen Mafioso günstig, also äußerst spärlich. Man sah kaum, was auf den Tellern lag. Ebensowenig wurden der Sizilianer und Walton gesehen, denn sie saßen in einer Nische.

Der zweitälteste Sohn der Familie Catanese galt,

nachdem man seinen Bruder in Palermo auf offener Straße erschossen hatte, als Thronfolger seines Vaters. Die Sache in Palermo war kein Machtkampf gewesen. Die Catanesi saßen fest im Sattel. Der Grund war eine Weibergeschichte.

Daß sich die Catanesi in New York so gut wie unangreifbar fühlten, ging aus dem Verhalten des jungen Octavio hervor. Er plauderte und scherzte ungeniert drauflos. Nur was er sagte, war das gleiche wie bei allen Gangstern seines Formats. Er redete viel, sagte aber weniger als nichts. Allein was er über das Essen äußerte, hatte einen gewissen Wahrheitsgehalt.

„Das schlimmste", sagte er, „was einem Menschen überhaupt zustoßen kann, ist, ihn ein Leben lang mit diesem Dreisternefraß abzufüttern. Zehn Jahre auf den Galeeren ziehe ich zehn Jahre bei Bocuse glatt vor."

„Nebenan ist ein Spaghettiladen", bemerkte der CIA-Agent, „mit Pizzeria."

„Wäre nicht übel, aber", Octavio Catanese blickte auf seine goldene Piaget-Uhr, „ich bin in Eile."

Er war es mit Sicherheit nicht. Aber er wollte, wenn die Unterhaltung brenzlich wurde, sie jederzeit abbrechen können.

„Wie gehen die Geschäfte?" begann der CIA-Agent das Thema anzusteuern.

Der Mafioso jammerte.

„Früher lief es nur so beschissen wie anderswo." In seinem klassisch schönen Gesicht bewegte sich kein Muskel. „Aber heute ist es nirgends so schlimm wie in New York."

„Das liegt an Ihnen, Octavio."

„Nein, an euch", erklärte der junge Catanese. „An FBI, CIA und all diesen Vereinen."

Wenn Walton zusammenzählte, was man diesem kaum zwanzigjährigen Burschen alles anlastete, dann kam er auf dreimal neunundneunzig Jahre Zuchthaus. Aber es zu beweisen hätte ebensolange gedauert, und so alt wurde kein Staatsanwalt.

„Nicht mein Sektor", äußerte Walton generös.

„Was war, das war", sagte der Sizilianer. „Es zählt heute nicht mehr. Aber was kann ich für Sie tun, Walton? Sie wissen, daß ich Sie mag. Sie sind ein guter Tennisspieler."

Sie gehörten zwar verschiedenen Clubs an, aber Catanese hatte Walton letztes Jahr zwei fürchterliche Niederlagen beigebracht.

„Sie sind mir noch eine Revanche schuldig, Catanese", erwiderte der CIA-Agent.

„Nicht unbedingt auf dem Sportplatz, oder?"

„Es darf auch eine Information sein", schlug Walton vor.

Ein Mafioso gab sich nie Eigenblöße.

„Information, von mir?" Er strahlte mit seinen mindestens zweiundsiebzig Zähnen. „Ich weiß doch nichts."

Der Kellner servierte gerade den ersten Gang. Walton wartete. Dann nannte er die Sache beim Namen.

„Tobias Henkel."

Der Mafioso blickte ihn an, als hätte er wer weiß welch rätselhafte Buchstabenkombination von sich gegeben. Dazu schüttelte er langsam den schwarzgelockten Kopf.

„Keine Ahnung", gestand er. „Echt. Wir haben in der Familie schon über diesen Mordfall gesprochen. Henkel war ein bedeutender Mann, geldmäßig gesehen. Aber warum man ihn in ein Sumpfloch warf? Haben Sie nichts Leichteres für mich?"

„Nur darauf kommt es an“, bedauerte Walton, einigermaßen überrascht, wie glatt es lief. Er hatte befürchtet, Catanese erst lang und breit von Dr. Henkel erzählen zu müssen.

„Henkels Interessen berührten nie die unseren“, versicherte Catanese.

„Um so eher können Sie mir helfen.“

Sie prosteten sich zu und tranken.

„Und wie, bitte, stellen Sie sich das vor, Jimmy?“

„Wenn es ein gekaufter Killer war“, führte Walton aus, „erfahren Sie das leichter als wir.“

„Wir beschäftigen solche Leute nicht.“

„Aber Sie kennen welche, die welche kennen – möglicherweise.“

Der Mafioso kaute die letzte Selleriestange und blickte gelangweilt.

„Der Name würde Ihnen genügen?“

„Bis unter die Haut“, erklärte Walton.

„Will mal herumhorchen“, versprach der Sizilianer und fügte eine für ihn typische Einschränkung hinzu: „Herumhorchen lassen.“

*

Der Tip aus Mafiakreisen schien so brauchbar zu sein, daß sie das FBI zum Zuschlagen überredeten.

„Der Bursche heißt Zuskasz“, übermittelte Walton seinem FBI-Kollegen.

„Vorname?“

„Juki.“

„Klingt jüdisch.“

„Wohnhaft in Chicago.“

Der FBI-Agent, der wußte, um was es ging, erklärte:

„Zuskasz ist uns bekannt. Ein Einwanderer aus

Ungarn. Er floh damals bei der Fünfziger-Revolution."

„Berufskiller?"

„Dazu besteht begründeter Verdacht. Aber wie immer, kann man es Spitzenleuten dieses Gewerbes nicht nachweisen. Hinzu kommt, daß er meist im Ausland arbeitet."

„In Europa vielleicht."

„Das ist zutreffend."

„Schon ein Punkt. Tobias Henkel wurde in Österreich umgebracht."

„Ein Punkt ist zu wenig."

Wolton lieferte den nächsten.

„Juki Zuskasz hält sich derzeit in Europa auf."

„In Österreich?"

„In Budapest, hörte ich, und von da ist es nicht weit bis Österreich. Vom Tatort nach Budapest fährt man mit einem schnellen Wagen nur ein paar Stunden."

So kam einiges zusammen.

Die Chicago-Division des FBI gelangte zu der Überzeugung, daß an dem Tip etwas dran sein müsse.

Der Neuamerikaner Juki Zuskasz sollte in diesen Tagen von einer Europareise zurückkehren. Der Mord an Dr. Henkel hatte sieben Tage nach seinem Abflug aus Chicago stattgefunden. Genug Zeit also, um das Terrain zu erkunden.

FBI setzte sich mit Interpol Paris in Verbindung. Fortan wurde Juki Zuskasz nicht mehr aus den Augen gelassen.

Sie beobachteten ihn, als er nach Wien fuhr, dort seinen Mietwagen zurückgab, nach Paris flog und in die Direktmaschine der Air France nach Chicago eincheckte.

Die Boeing 747 kam nur wenig verspätet in Chicago an. Die FBI-Agenten warteten, verstärkt durch ein Aufgebot der City-Police, in der Ankunftshalle des Airport. Sie waren sicher, daß ihnen der Killer nicht entwischte.

Alle Ausgänge waren besetzt, ebenso die Rolltreppen, die angrenzenden Hallen, die Flure zu den Büros, die Waschräume, die Gates, die Restaurants, Cafeterias und Duty-Free-Shops. Auch war vorgesorgt, daß er sich keine Geisel schnappen und so freien Abzug erzwingen konnte. Jeder der Beamten und Agenten hatte sein Foto.

So warteten sie, etwa drei Dutzend Männer, einige mit Hunden, alle mit Sprechfunk und Waffen ausgerüstet.

Die Boeing war gelandet. Die Passagiere kamen herein und wurden durch Paß- und Zollkontrolle geschleust.

Juki Zuskasz trug den Trenchcoat über dem Arm, einen Hartschalenkoffer als Handgepäck und einen Anzug im gleichen Pepitamuster wie sein Hut.

Kaum war er offiziell in die USA eingereist, näherten sie sich ihm, um ihn festzunehmen. Doch wie ein scharfwitternder Hund merkte er die Gefahr. Er sah sie kommen, fürchtete, daß es ihm an den Kragen ging, flankte über das Gepäcktransportband und war gerade im Begriff, sich eine Stewardeß als Geisel zu schnappen, als einer der Beamten schoß. Er gab nur einen Warnschuß ab. Der Killer riß eine Pistole heraus und zielte auf den Beamten. Das zwang den in der Nähe postierten FBI-Agenten den Fangschuß zu setzen.

Zuskasz lebte nur noch eine Minute.

Zu einer Aussage brachten sie ihn nicht mehr.

Auf Flugplätzen gab es immer ausreichend

Metallsärge. Im Laufschritt brachten sie einen, legten den Toten hinein und trugen ihn weg.

Wo der Körper von Juki Zuskasz gelegen hatte, war nur noch ein feuchter roter Fleck zu sehen.

*

Wie sich herausstellte, hatten sie den Falschen erschossen. Juki Zuskasz hätte ein wasserdichtes Alibi beigebracht.

Zu dem Zeitpunkt, als Dr. Henkel in seinem Jagdrevier im Kaisergebirge ersäuft worden war, hatte Zuskasz auf der chirurgischen Station einer Zahnklinik in seiner Heimatstadt gelegen. Der Arzt wurde durch einen Beamten von Interkrim, der Polizeiorganisation des Ostblocks, verhört.

Der Arzt, seine Assistentin und das gesamte Klinikpersonal bestätigten, daß der Amerikaner zum fraglichen Zeitpunkt nicht nur das Krankenzimmer, sondern auch sein Bett nicht verlassen hatte.

Er wäre dazu auch absolut unfähig gewesen, da er sich kurz zuvor einer schmerzhaften Kieferoperation unterzogen hatte.

„Warum in Budapest?“ zweifelte Walton bei dem Gespräch mit seinem FBI-Kollegen.

„Weil Sie dort ein ganzes Gebiß zum gleichen Preis bekommen wie bei uns eine halbe Jacketkrone.“

„Aber der Flug kommt noch hinzu.“

„Einwanderer pflegen ihre Heimat ohnehin mal zu besuchen.“

„Glauben Sie den Aussagen dieser Ungarn?“ wandte Walton ein.

„Ich vertraue der Arbeit unserer Interkrim-Kollegen", wurde ihm erklärt.

Walton rauchte hastig eine Zigarette.

„Nun, Catanese lieferte keinen Tip mit Garantie. Aber fast alle Fakten treffen zu."

„Bis auf die, daß es Zuskasz nicht gewesen sein kann."

„Ob die Catanese ihn loshaben wollten?" mutmaßte Walton.

„Sie denken an eine absichtliche Verleumdung, um sich einen unliebsamen Handlanger vom Hals zu schaffen."

„Nur eine Theorie."

„Beweisen kann man das den Catanese niemals."

Walton und sein Kollege vom FBI beendeten das Gespräch im Zustand völliger Ratlosigkeit. Zum Schluß sagte Walton noch:

„Was melde ich jetzt nach Langley."

„Daß wir es", schlug sein FBI-Kollege vor, „möglicherweise mit einem neuen Profi zu tun haben, der bis heute nicht auf der internationalen Killerliste aufgetaucht ist."

„Prima Aussichten."

„Ja, die Woche fängt mal wieder gut an", sagte der andere und legte auf.

6.

„Da spielen ein paar mächtige Leute Monopoly", schloß der Mann aus dem BND-Archiv seinen Bericht.

Alles war nur ein aufgeblasener Ballon mit feuchter Luft. Allmählich begann die Sache Urban zu beschäftigen. Und zwar deshalb, weil von keiner Stelle ein echtes Ergebnis kam.

Das Bundeskriminalamt tappte im dunkeln, beim Verfassungsschutz lag nichts vor, und über Interpol hörte man nur, daß die Amerikaner auch nichts ermittelt hatten.

Sie arbeiteten zwar auf einer anderen Schiene, sie suchten weniger nach wirtschaftlichen Zusammenhängen als nach dem Killer, aber dabei hatten sie einen bösen Reinfall erlebt.

„Mal ganz unkonventionell", setzte Urban an. „Was steht denn so in den Zeitungen über Dr. Henkel?"

„In unseren fast nichts. Der Mann war eine nahezu unsichtbare Eminenz."

Urban hatte die Einschränkung herausgehört.

„Und in ausländischen Blättern?"

„Nur Klatsch."

„Welcher Art?"

„Da schrieb einer, Henkel wäre impotent. So wäre sein Desinteresse an Frauen und Familie überhaupt zu erklären."

„Bei seiner Behinderung", bemerkte Urban, „ist es kein Wunder. Und was hört man noch?"

„Henkel kompensiere eben alles, wozu er körperlich nicht in der Lage sei, mit dem Zusammenraffen von Geld, Macht oder seltenen Kunstwerken. Angeblich besaß er die erlesenste Sammlung hochklassiger Malerei. Tizians, Dürers, Rembrandts, van Goghs, Modiglianis. Nur absolut beste Sahne."

„Ist das alles?"

„Wie gesagt, purer Klatsch, Oberst."

„Wenn es keine anderen Quellen mehr gibt, müssen wir diese ausschöpfen."

„Okay, dann verlege ich mich jetzt auf die Gesellschaftsspalten. Mal sehen."

Offenbar war Dr. Henkel auf diesem Sektor ergiebiger als bei seinen geschäftlichen Aktivitäten.

„Er soll im April in Cannes gesichtet worden sein", übermittelte Urbans Zuarbeiter. „In einer Bar, wo eine bestimmte Frau auftritt."

„Eine bestimmte Frau", sagte Urban, „mag ich gar nicht hören. Was ist das Bestimmte an ihr?"

„Eine heiße, rassige Tänzerin. Wenn sie auftritt, dann total rasiert, vom Kopf bis zu den Füßen. Haar, Brauen, und südlich vom Nabel die winzigste Locke."

„Ob sie nicht friert?"

„Dafür trägt sie Ringe an den Zehen, dicke Brummer. Smaragde, Rubine, Topase."

„Und in ihrer Nähe wurde Henkel gesichtet?" vergewisserte Urban sich.

„Behauptet zumindest so ein Typ von einer Pariser Tageszeitung."

„Bleib dran", bat Urban.

Gegen Abend rief der EDV-Mann wieder an.

„Ab und zu scheint Henkel sich doch etwas Hübsches angelacht zu haben."

„Hat sie zurückgelächelt?"

„Gewiß auf seine D-Mark-Tausender."

„Von seinen Geschäften wird nichts erwähnt?"

„Nicht ein Wort."

„Und wer schrieb über ihn?"

„Ein gewisser Marcel Orena."

„Und die anderen Stories?"

„Clement Aussi und Serge Midi. Noch mehr Namen gefällig?"

„Stellt fest, für welche Agenturen sie arbeiten und wo sie wohnen."

„In Paris“, schätzte der EDV-Mann.

Urban hätte es gern genauer gehabt.

Die nächste Information aus dem Archiv kam, als Urban, den Night-Cup im Glas, in Schwabing in seinem Penthouse vor dem Fernseher saß und eine Magazinsendung über sich ergehen ließ. Als er sich schon wunderte, wie sehr sich das Gebotene von den Tatsachen unterschied, bimmelte das Telefon.

„Letzte, aber auch endgültig letzte Meldung zu Henkel“, verkündete sein EDV-Experte. „Betrifft die Gesellschaftsreporter Marcel Orena, Clement Aussi und Serge Midi.“

„Wohnen sie wirklich alle in Paris?“

„Kein Wunder“, sagte Urbans Experte, „denn die drei sind ein und dieselbe Person. Ein Klatschjournalist, der auf allen Hochzeiten tanzt. Also klatschmäßig ist er der Größte, da kennt er sogar die abgewandte Seite des Mondes.“

„Und wirtschaftsmäßig?“

„Was Wirtschaft und Politik betrifft, da grenzt sein Desinteresse wahrlich ans Totale.“

Urban erfuhr den Namen und die Adresse. Der Journalist nannte sich Mabuse, französisch ausgesprochen Mabüs.

Außerdem bekam Urban seine Telefonnummer.

*

Zur Not, lautet ein altes Sprichwort, frißt der Teufel Fliegen, und wenn es gar nicht anders geht, sogar einen Engel.

Urban nahm mit Mabuse Kontakt auf. Er rief ihn an, brachte sein Anliegen vor und sagte, er käme nach Paris. Mabuse war einverstanden, denn er hatte schon von Mister Dynamit gehört und versprach sich eine Story oder ein Interview.

Urban sattelte seine 250 PS und fuhr im Morgengrauen los.

Acht Stunden München-Paris war immer noch eine gute Zeit. Als er in seinem gewohnten Hotel ankam, hatten sie kein freies Zimmer. Amerikaner und Japaner waren wieder in Horden unterwegs. Also fuhr er vom Commodore ins George V. und meldete sich sofort bei Mabuse.

Der Klatschreporter war selbst am Apparat. Er hatte eine metallharte Radiosprecherstimme.

„Monsieur Mabüs“, hatte Urban kaum angesetzt, als der Franzose ihn schon unterbrach.

„Sagen Sie bitte Clement zu mir. Mabüs ist nur mein Sammelpseudonym.“

„Mabüs“, vermutete Urban, „stammt wohl von Doktor Mabuse, dieser legendären deutschen Supergangsterfigur aus Roman und Film. Der Mann, der alles sah, alles hörte, alles wußte.“

„Daran dachte ich“, gab Clement lachend zu, „als ich das Pseudonym wählte.“

Urban erklärte ihm noch einmal, um was es ihm ging.

„Ich suche Freunde von Dr. Henkel, Leute die seine Eigenheiten, seine Gepflogenheiten, seine Macken, vielleicht auch seine Pläne kennen.“

„Ich sehe mein Archiv durch“, versprach Clement.

„Wann kann ich Sie besuchen?“

Clement blätterte offenbar im Terminkalender und kommentierte die Eintragungen.

„Da findet gleich eine Vernisage statt, anschließend die Premiere im Théâtre Centre Pompidou.

Danach muß ich auf ein, zwei Partys. Wie wär's mit dreiundzwanzig Uhr?"

„In der Rue Laroche."

„Nein, in Versailles", verbesserte der Franzose. „Seitdem ich meine Kolumnen an hundertundzehn Zeitungen verkaufe, geht es mir recht ordentlich. Ich bin in eine bessere Gegend gezogen. Es gibt bekanntlich nur zwei Arten von Franzosen. Solche, die in Versailles wohnen, und solche, die nicht in Versailles wohnen."

Urban bekam die Adresse und versprach, zur Stelle zu sein.

„Seien Sie lieber nicht gar so pünktlich", bat Clement ihn.

Im Moment war nichts zu tun. Urban schlief zwei Stunden, dann rief er seinen Kollegen Gil Quatembre beim französischen Geheimdienst SDECE an.

Höflichkeitshalber meldete er ihm seine Anwesenheit.

„In Sachen Dr. Henkel?" fragte Gil, der selbst am Telefon den Eindruck erweckte, er wäre noch im Pfadfinderalter und nicht schon Vater eines Pfadfinders.

„Wir sind festgefahren. Totaler Stillstand. Angesichts der Bedeutung von Dr. Henkel, möchte meine Regierung aber die Hintergründe aufgehellt haben."

„Meine Regierung auch", erklärte Quatembre. „Henkel besaß ein Stahlwerk im Elsaß und fraß sich, wie eine unersättliche Termite, schon bis zum nordfranzösischen Industriegebiet durch. Irgend etwas hatte er vor."

„Nicht nur er allein. – Aber wer sind seine

Komplizen? Ich versuche einiges von Mabüs zu erfahren."

„Viel Glück."

„Können wir brauchen", sagte Urban. „Ich halte dich auf dem laufenden."

Bevor er das Hotel verließ, studierte er die Speisekarte. Dabei verging ihm der Appetit. Es gab Crème d'Artichauts à la Noisette – Suppe aus Artischocken und Nüssen – und Queue de Boeuf – Ochsenschwanzragout mit Möhre, vielen Kräutern und Knoblauch.

In einem Bistro an der Ecke bestellte er sich einen Salat, einfache Würstchen aus Gänse- und Schweinefleisch, Rilettees d'Oie, und ein Glas Weißwein dazu.

*

In der kleinen Villa, die Mabuse auf einem Hügel von Versailles bewohnte, sah es aus, als wäre ein Tornado von der Terrasse durchs Wohnzimmer in die Küche, von dort wieder zurück und hinaus in den Garten gezogen.

Nichts lag mehr da, wo es hingehörte. Die Stehlampe war umgekippt, ebenso die Sessel. Die Schubladen waren herausgerissen, der Inhalt der Schränke auf dem Boden verteilt worden.

Neben dem Wohnraum, in Mabuses Büro, hatte man Tausende von Notizen, Zetteln, Fotos und Karteikarten aus den Archivkästen ringsum verstreut.

Normalerweise gingen Leute, die etwas suchten, anders vor. Sie bemühten sich, keine Spuren ihrer Arbeit zu hinterlassen. – Es sei denn, sie wollten damit eine Warnung aussprechen.

Die Unbekannten hatten nicht einmal vor Bettpolstern, Vorhängen und der Isolierschicht des Kühlschrankes haltgemacht. Auch hatten sie alle Flaschen zerschlagen, als könnte darin versteckt sein, was sie suchten.

Es war ein Chaos. Drei Putzfrauen würden drei Wochen damit zu tun haben, hier Ordnung zu schaffen.

Es ging auf Mitternacht. Urban stellte einen Clubsessel gerade, fläzte sich hinein und wartete.

Nachdem eine Stunde vergangen war und er eine halbe Schachtel MC verqualmt hatte, war er sicher, daß Clement nicht mehr kommen würde. Vielleicht war er schon hier gewesen und zog es nun vor, die Nacht anderswo zu verbringen.

Urban fuhr wieder nach Paris zurück.

Am Morgen lag ein Umschlag in seinem Postfach. Darin war ein Foto und ein Brief mit wenigen Zeilen. Absender: Mabuse.

In Eile hatte der Reporter folgendes hingekritzelt:

Verehrter Freund. Wenn man hinter mir her ist, dann ist man erst recht hinter Ihnen her. Bin sicher, hier bestehen Zusammenhänge. Was mich betrifft, ich gehe für ein paar Tage auf Tauchstation. Wofür Sie gewiß Verständnis haben. Von Berufs wegen fordert niemand von mir, daß ich tapfer bin. Also suchen Sie mich nicht, Sie werden mich nicht finden. Anbei ein Foto. Das ist alles, was ich in Sachen Dr. H. beitragen kann. Salut. Clement.

Urban schaute sich das Foto an.

Im Vordergrund zeigte es einen Mann, im Hintergrund einen Hubschrauber. Der Mann war schlank. Seine drahtige Figur setzte sich bis zum Kopf fort. Man konnte sein Gesicht hager, die Augen kühl nennen. Das graue Haar trug er kurz geschnitten.

Die Partie zwischen Nase und Kinn hatte jene Form, wie Urban sie bei Technikern so oft angetroffen hatte, daß er sie ingenieurtypisch nannte. – Der Mann war offenbar schwerhörig, vielleicht sogar stark hörgeschädigt. In beiden Ohren hatte er Geräte, welche die Schallwellen verstärkten. Nicht diese modernen Dinger, die man unsichtbar tief in der Ohrmuschel trug, sondern richtige Walkmen.

Der Hubschrauber im Hintergrund war unscharf, aber wohl ein zweimotoriger Bell. Da er schräg stand, würde das Registrierzeichen nur mit Labormitteln zu entziffern sein.

Zu diesem Zeitpunkt hatte Urban keine Ahnung, wer dieser Mann sein könnte. Abgesehen von der Tatsache, daß er in irgendeinem Zusammenhang mit dem toten Dr. Henkel stand.

Urban frühstückte, dann rief er Gil Quatembre an.

Eine Stunde später saß Urban in einem Büro der französischen Geheimdienstzentrale, und Gil betrachtete das Foto unter der Lupe.

Wenn man den Kopf stark zurücklegte, sah man Gils Falten nicht, und er wirkte immer noch wie einer, der morgen zum Abitur antrat.

Endlich äußerte er sich.

„Mabüses Bude war ausgeräumt, sagst du?"

„Umgeräumt", verbesserte Urban.

„Und Mabüs hat sich verpißt."

„Das würde sich, mit Ausnahme von Leuten wie wir, wohl jeder."

„Vielleicht sogar mancher von uns", bemerkte Gil ironisch. „Aber den Schwerhörigen da, den kenne ich nicht."

„Vielleicht gehört ihm der Hubschrauber."

„Oder er wurde zufällig auf einem Flugplatz fotografiert."

Urban war anderer Meinung.

„Zufallsfotos pflegen Profis wie Mabüs nicht zu archivieren. Das Foto stammt aus seiner Sammlung, also muß es typisch für diesen Mann sein. Er ist schwerhörig, trägt Maßanzug und hat mit Hubschraubern zu tun."

Quatembre akzeptierte diese Schlußfolgerung, weil sich nichts anderes anbot. Er schickte das Foto ins Labor. Sie sollten das Helikopterkennzeichen ermitteln und herausfinden, auf wessen Namen die Maschine registriert war und wo der Besitzer sich zur Zeit befand.

„Mehr kann ich im Moment nicht tun", bedauerte Gil.

„Wie lange wird das dauern?" fragte Urban, vertraut mit französischen Verhältnissen.

„Fahr nach München zurück. Ich rufe dich an."

„Und wenn die Sache hier weitergeht, sitze ich neunhundert Kilometer entfernt", wandte Urban ein. „Das wäre falsch gehandelt."

„Dann handle eben mal falsch, mon ami."

„Ich handle nach meinem Prinzip", verteidigte Urban sich.

„Dann ist dein Prinzip falsch."

„Eh bien, dann soll es eben falsch sein", sagte Urban. „Ich lade dich trotzdem zum Essen ein."

„Aber nicht zu Gänsewürstchen aus Schweinefleisch", bat Quatembre.

Sie speisten im Tour d'Argent, was Urbans sattes Spesenkonto bis an die Obergrenze beanspruchte.

Gerade als der Maître de Cuisine vor ihren Augen die Ente in der silbernen Presse zu Entensaft verarbeitete, kam der Anruf.

Gil nahm das schnurlose Telefon, das man auf einem Tablett servierte.

Offenbar erfuhr er eine ganze Menge. Als er fertig war, massierte er sein Kinn.

„Der Hubschrauber ist ein Bell zwozwozwo mit Doppelturbine, zugelassen und registriert in Lille."

„Nordfranzösisches Industriegebiet also."

„Er gehört einem gewissen Mauriac. Maurice Mauriac. Der Bell trägt sogar das Monogramm MM an der Cockpittür. Mauriac soll Experte für Metallgewinnung sein. Wie nennt man doch diese Leute?"

„Metallurgen."

„Na ja, so Burschen eben, die sich besonders gut bei der Verhüttung, beim Schmelzen, Veredeln, Verarbeiten von Metallen auskennen. Und so einer ist MM."

Quatembre trank. Aber vom Perrier, nicht vom Wein. Er hatte einen trockenen Mund.

„Und?" fragte Urban neugierig.

„MM ist seit seiner Geburt schwersthörig."

„Aber nicht taub."

„Dann würden diese Apparate auf seinen Ohren wenig nützen."

„Der Mann im Zweireiher ist also Maurice Mauriac."

Quatembre bestätigte es mit Kopfnicken.

„Paßt das zusammen, mon ami?"

„Irgendwie schon", erwiderte Urban. „Henkel hatte Interessen bei der französischen Industrie. Mauriac ist Spezialist für Metallverarbeitung."

„Und kein ganz armer Knopf, wenn ihm der Hubschrauber gehört."

„Mithin drehten die beiden ein großes Rad. Logo, Henkel drehte nur große Räder. Fragt sich nur noch, was für ein Rad. Ob MM etwas für ihn entwickelte?"

„Fragen wir ihn", schlug Quatembre vor.

„Habt ihr ihn?"

Mit der Gabel in der Hand winkte Quatembre ab.

„Das ist nur eine Frage von Stunden. Erst mal suchen wir den Helikopter."

„Steht er nicht in Lille?"

„Sie haben es über Computer versucht. Der Bell parkt weder in Lille noch anderswo auf einem Großflughafen. Aber es gibt noch ein paar kleine."

„Ein paar Hundert", ergänzte Urban.

„Nur eine Frage von Stunden", wiederholte Gil sich.

Die dünnen Entenscheiben wurden in der Entensoße flambiert, was ihr Aroma vervielfachte.

Sie langten kräftig zu. Das Essen dehnte sich bis 14.30 Uhr aus.

Aber auch am nächsten Tag um 14.30 Uhr hatten sie Maurice Mauriac noch nicht ausfindig gemacht.

7.

In einem Geschäftshaus der Züricher Innenstadt, zentral gelegen zwischen Limmat, Bahnhofstraße und Kantonal-Bank, trafen sich an diesem Julitag vier Herren.

Zwei von ihnen glichen sich wie Brüder. Sie waren Mitte Zwanzig, sportlich trainiert, zwei Geheimagenten. Der dritte Mann hatte die untersetzte, wohlbeleibte Statur der Manager aus östlichen Ländern, und der vierte war Maborock.

„Wir kommen vorwärts", begann Maborock.

„Aber nicht wie Schukows Panzerarmee, eher wie eine Kompanie auf Krücken", wandte der Manager ein.

„Nun, mit Henkel klappte es zufriedenstellend."

„Henkel war nur die Nummer eins, wie steht es mit Nummer zwei und drei?"

Mit lässiger Handbewegung forderte Maborock die Agenten auf zu berichten.

„Es war ein hartes Stück Arbeit, Mauriac zu finden. Er düst mit seinem Hubschrauber durch Europa wie eine Stechmücke zur Brautzeit."

„Kein Wunder, jetzt, wo Henkel ausgefallen ist, sucht er neue Kontakte."

„Oder er schließt sich jetzt enger an Nummer drei an", gab Maborock zu bedenken. „Wo habt ihr ihn ausfindig gemacht?"

„Am Wochenende in Mailand. Als wir hinkamen, war er schon wieder weg. Nach kurzem Aufenthalt bei den Stahlkochern in der Lombardei flog er nach Marseille. Dort hieß es, er sei in Saarbrücken."

„Und, ist er dort?"

„Er war dort."

Der Manager fluchte leise und auf russisch.

„Wo, zum Teufel, kriegen wir ihn?"

Der Agent Mlinek zog ein Blatt Papier, auf das eine Art Spinnennetz gezeichnet war, aus seinem Sakko.

„Es sieht aus, als fliege er mal hierhin, mal dahin. Natürlich steckt bei einem Techniker wie MM hinter allem, was er tut, ein System. Allmählich blicken wir durch und können sogar vorausberechnen, wo er wann sein wird."

„Hoffentlich bald“, drängte Maborock.

„Erschwerend wirkt sich die Tätigkeit der westlichen Geheimdienste aus.“

„Wie lief es bei dem Journalisten in Versailles?“

„Wir zerlegten seine Bude“, sagte Mlinek.

Der Manager der Importfirma hielt einen längeren Vortrag über die wirtschaftliche Lage. Das war eine Spezialität von ihm. Deshalb strebte er auch einen Lehrstuhl für Ökonomie an der Universität in Moskau an.

„Im ersten und zweiten Quartal dieses Jahres“, führte er aus, „stiegen unsere diesbezüglichen Exporte noch an. Und warum? Weil wir konkurrenzlos billig zu konkurrenzlos guter Qualität liefern. Die europäische und amerikanische Raumfahrtindustrie deckt ihren Bedarf zu siebzig Prozent bei uns. Natürlich kann sie die Ware auch selbst herstellen, aber nicht so kostengünstig. Wenn ein Kilo Ware an den Preis von Silber herankommt, nun, dann spitzen die Kalkulatoren in den Fabriken kräftig die Bleistifte.“

„Klingt ja erfreulich“, bemerkte Agent Ukow.

„Stopp!“ Maborock hob die Hand. „Leider kann die Konjunktur rasch umkippen. Schuld daran sind Henkel und seine Bande.“

Die Agenten erledigten Aufträge. Was ihnen fehlte, war der Durchblick. Da Maborock der Meinung war, daß man die Leute im Außendienst informieren mußte, wenn sie perfekte Arbeit leisten sollten, faßte er das Problem genauer.

„Der Export dieses Materials“, Maborock nannte den Namen des Materials nicht, „bringt uns jährlich eine dreistellige Millionensumme an Devisen in die Staatskasse. Wenn nun einer hergeht, und durch seine Erfindung die Herstellung im Westen derart verbilligt ..."

„Rationalisiert", warf der Manager dazwischen.

„Oder auch vereinfacht, dann sind wir raus aus dem Geschäft. Aber subito."

„Es ist wie in einem sonnigen Jahr. Gibt es viele Trauben, dann wird der Wein billig."

„Ganz so ist es nicht", schränkte Maborock ein. „In der Natur hängt alles vom Wetter ab, bei diesem Metall hängt alles von den Herstellungskosten ab. Kann man sie durch ein Verfahren halbieren oder sogar vierteln, dann sind wir weg vom Fenster."

„Für dieses Jahr besteht wohl keine Gefahr mehr", meinte Mlinek.

„Aber für das nächste", erklärte der Manager. „Wenn diese Monopolisten das neue Verfahren anlaufen lassen, dann im großen Stil und auf Knopfdruck. – Genau das müssen wir verhindern. Doch ganz einfach, oder?"

„Einfach schon, aber nicht leicht."

„Nun, für derartige Operationen am Feind haben wir unseren Herrn Silberman."

„Ein Ausländer", sagte der Manager geringschätzig. „Mir gefällt das nicht."

„Hat Silberman nicht erstklassige Arbeit geleistet?"

„Einmal ist keinmal. Kann auch Anfängerglück gewesen sein."

„Soll es etwa einer unserer Leute tun?" fragten die Agenten unisono.

„Nein, zu gefährlich. Wir dürfen uns nicht exponieren. Der KGB hat sich sauber zu halten. Wenn etwas schiefgeht, wären die Folgen nicht tragbar. Gerade jetzt, wo der Generalsekretär auf Entspannung zusteuert."

„Na also“, bemerkte Ukow. „Wenn wir nichts machen, dann muß es Silberman tun. Welche Rolle spielt es da, ob wir ihn mögen oder nicht.“

„Ich sagte ja nur“, verdeutlichte der Manager, „daß er mir nicht gefällt.“

Sie kamen zu den Fakten.

Die Agenten sollten eine präzise Hochrechnung liefern, wohin sich MM in dieser Woche mit seinem Hubschrauber begab.

„Und ich verständige Silberman“, sagte Maborock. „Er steht abrufbereit.“

*

Silberman hatte ein Zimmer in einem Altstadt-Hotel in Brüssel bezogen.

Nach Bestätigung von Dr. Henkels Ableben durch die Weltpresse war der Rest des ersten Honorars eingegangen. Nun lag bei der Post ein Umschlag mit weiteren fünfzigtausend Dollar in bar. Was auf hunderttausend fehlte, wurde bei Erledigung von Auftrag Nummer zwei fällig.

Silberman vertiefte sich in das Material über den nächsten Coup.

Es handelte sich um mehrere Fotos, das Dossier eines gewissen Maurice Mauriac und spezielle Daten, was seine Eigenheiten, seine Gewohnheiten und die möglichen Angriffspunkte betraf. Silberman notierte sich das Wichtigste.

Am Abend rief Maborock an.

„Das Objekt hält sich übermorgen vermutlich in Lille auf“, übermittelte er. „Sind Sie bereit?“

„Bereit schon“, antwortete Silberman. „Aber wie putzt man einen Hubschrauber vom Himmel ohne Boden-Luft-Rakete?“

„Ihre Sache. Sie sind der Experte für alles.“

„Ich brauche Zeit.“

„Die haben wir nicht, Silberman“, bedauerte Maborock. „Warum machen Sie es nicht anders? Warum nicht auf der Erde?“

„Ich lese, daß MM einen gepanzerten Mercedes fährt und sein Haus ein mittlerer Atombunker ist. Leute, die in ständiger Furcht schweben, leben nun mal gerne im Tresor.“

„Deshalb fühlt er sich auch in seinem selbstgesteuerten Hubschrauber am sichersten“, ergänzte Maborock.

„Und wo er sich sicher fühlt, ist er angreifbar“, fügte Silberman hinzu.

„Aber es eilt“, drängte Maborock.

„Warum?“ fragte der Killer.

Maborock versuchte, es mit wenigen Worten zu erläutern.

„Wegen der laufenden Aufklärung des Mordfalles Henkel. Nicht nur Interpol arbeitet daran, auch der BND, SDECE, Scotland Yard, MI-six, FBI und die CIA.“

„Unnötig, alle aufzuzählen. Es ängstigt mich nicht.“

„Aber es soll Ihnen klarmachen, Silberman, daß der nächste Zug gemacht werden muß, ehe diese Leute darauf stoßen, daß MM möglicherweise der König im Spiel und unser nächstes Opfer sein könnte.“

„Mich kriegen sie nicht“, frohlockte Silberman. „Ich bin als Killer kein Begriff. Ich habe kein Motiv.“

„Wiegen Sie sich trotzdem nicht in Wonne und Eierlikör“, riet Maborock. „Es darf nicht zu spät sein.“

„Eine Minute vor zwölf“, garantierte Silberman, „genügt ja wohl.“

„Wie werden Sie vorgehen?“

„Ich bin bei der Planung“, tat Silberman geheimnisvoll. „Eine recht schwierige, aber nicht unlösbare Konstellation in einem Schachspiel. Lassen Sie mich in Ruhe nachdenken.“

„Sie wissen wieviel Zeit wir haben, nämlich keine.“

„Noch was?“

„Ich rufe Sie wieder an“, sagte Maborock.

Zu diesem Zeitpunkt war Silberman schon klar, wie er vorgehen würde. Er würde es so machen wie in Österreich, ohne daß er der Leiche etwas zufügte, was in Richtung Kugel, Messer, Drosselschnur oder Giftspritze lag. Er wollte möglichst keine Spuren hinterlassen. – Natürlich gab es den perfekten Mord nicht. Aber den nahezu perfekten.

Am Vormittag verließ er das Hotel und schlenderte durch die Altstadt. Er hatte Geschäfte entdeckt, wo man die ausgefallensten Dinge kaufen konnte.

Angefangen bei mehrkanaligen Funksteuergeräten für Modellflugzeuge und Modellschiffe bis zu Munition aller Kaliber und Waffen, um Nashörner zu töten oder nur Wildenten mit Schrot zu jagen.

Eines war Silberman noch aus dem Indochinakrieg in Erinnerung. Ganz ungemütlich wurde es in einem Hubschrauber, wenn auf hundert Metern Flughöhe die Motoren explodierten, und zwar so, daß sie eine Landung mit Autorotation unmöglich machten. In so gelagerten Fällen waren die Piloten nie lebend aus dem Wrack geborgen worden.

Als Mann, der zwanzig Jahre sein Brot als Artist verdient hatte, war Silberman gewohnt, eine neue Nummer erst zu überdenken, dann zu erproben und so lange zu trainieren, bis er sie im Traum beherrschte.

In diesem Fall begnügte er sich mit einem Test unter realistischen Bedingungen.

Im Hotel hatte er aus der Mechanik eines funkgesteuerten Spielzeugautos ein Servo gebastelt. Es betätigte einen einfachen Schwachstromschalter, der Batteriestrom auf einen Zünder, hergestellt aus einer Dieselmotor-Glühkerze, leitete. Die Glühkerze steckte in einer schweren Jagdpatrone, Kaliber 22, von der Silberman die Kugel abgedreht hatte. Um die Patrone herum bündelte er mehrere Schrotpatronen mit Pappkörpern.

Nördlich von Brüssel gab es mehrere Kiesgruben. Auf der Fahrt dorthin erstand er noch einen Kanister und ließ ihn an der Tankstelle mit zehn Liter Dieselkraftstoff füllen.

Die Kiesgrube bei Nederokkerzee war ausgebeutet und lag verlassen da. An der tiefsten Stelle stand sie voll Wasser. Zum Baden reizte der schlammige See aber nicht.

Am Nachmittag baute Silberman seine Versuchsvorrichtung auf. Empfänger, Servo, Zünder, Batterien und Patronen packte er flüssigkeitsdicht in eine Plastiktüte. Lediglich ein Draht führte als Antenne nach draußen. Das ganze stopfte er in den mit Treibstoff gefüllten Kanister. Aus dreißig Meter Entfernung betätigte er den Hebel des Funkfernsteuergerätes, mit dem normalerweise das Spielzeugauto von Stop auf Go geschaltet wurde. – Doch nichts ereignete sich.

Was im Hotelzimmer mit einer roten Kontrolllampe einwandfrei geklappt hatte, wollte hier einfach nicht funktionieren.

Silberman war kein Elektroingenieur, um herauszufinden, woran es lag. Er verfügte auch nicht über die nötigen Meßgeräte. Aber den Plan, die Sprengvorrichtung in den Tank des Hubschrauber zu packen und über Funk auszulösen, mußte er wohl fallenlassen. Die Anlage war zu kompliziert, die einzelnen Aggregate zu primitiv.

Also fuhr er in die Stadt zurück, besorgte sich in einem Fachgeschäft einen simplen Druckschalter. Über einen daumennageldicken Knopf konnte hier ein Stromfluß ein- und ausgeschaltet werden.

Jetzt brauchte er allerdings noch ein Gewehr, um mittels gezieltem Schuß den Schalter zu drücken. – Das Gewehr stellte das neue Problem dar.

Lange suchte er bei den Altwarenhändlern, bis er einen Kleinkarabiner auftrieb. Er hatte sogar Zielfernrohr. Der Verkäufer versicherte, daß es sich um eine Präzisionswaffe handle, mit der auch die belgische Olympia-Schützenmannschaft ausgerüstet sei.

Von Waffen verstand Silberman genug. Er entdeckte einige Macken an dem Gewehr und handelte den Preis um zweihundert Francs herunter. Dazu bekam er noch eine Schachtel Munition gratis.

Wieder draußen in der Kiesgrube baute er Zünder und Sprengsatz um. Den Knopf am Druckschalter beklebte er mit roter Leuchtfolie. Dann machte er Visierübungen. Auf maximal hundertzwanzig Meter Entfernung traute er sich zu, den Schalter zu treffen, auch wenn sich dieser an einem Hubschrauber und in Bewegung befand.

Sicherheitshalber schoß er mit dem KK-Gewehr erst auf eine Bierdose. Es streute nur unwesentlich links hoch. Nach Korrektur des Zielfernrohrs wagte er auf eine Distanz von zweihundert Metern den Schuß. Er traf so, daß der Schalter zerbarst. Aber er hatte den Stromkreis geschlossen. Die Glühkerze bekam die erforderlichen zwölf Volt aus der Batterie. Dann dauerte es nur wenige Sekunden, und sie brachte die Pulverladung in der Patrone zur Explosion. Die herumgebündelten Schrotpatronen reagierten, und der Kanister mit Dieseltreibstoff platzte in einem Feuerball.

„Was mit Diesel geht“, murmelte Silberman, „das geht erst recht mit Turbinenkerosin.“

Jetzt brauchte er nur noch ein paar Dynamitstangen. Die waren leider nicht im Laden zu kaufen. Er suchte sie dort, wo man heute noch damit arbeitete, nämlich in einem Steinbruch.

Auf der Fahrt nach Nederokkerzee war er an einem Steinbruch vorbeigekommen. Er wartete die Dunkelheit ab, kletterte über den Zaun und brach das Schloß zur Sprengstoffkammer auf. Dort fand er, was er suchte.

*

Gegen Mittag rief Maborock an.

„MM ist gelandet.“

„Haben Sie es gesehen?“

„Meine vier anderen Augen.“

„Wo?“

„Auf einem Sportflugplatz südlich von Lille bei Vendeville. Gehört einem exklusiven Aero-Club. Der Bell steht im Hangar. Der Hangar wird nachts bewacht. Allerdings nur von einem Mann mit Hund. Alter Bursche, Weltkriegsveteran.“

„Ich brauche die Registriernummer.“

Silberman bekam sie.

„Das paßt", sagte er. „Auf den Bindestrich zwischen Ziffern und Buchstaben setze ich den Zündpunkt."

„Sie können ihn nicht verfehlen. Im Hangar stehen nur zwei Hubschrauber. Ein winziger Ein-Mann-Helikopter, ein BÖ-103, mindestens dreißig Jahre alt. Mit dem Luxus-Bell nicht zu verwechseln."

„Ich mache mich auf die Strümpfe", erklärte Silberman. „Sie wissen, wo ich zu erreichen bin."

„Den Rest hoffe ich der Tagespresse zu entnehmen."

Silberman mietete für die Operation einen Combi, in dem er notfalls auch schlafen konnte.

Mit zwei Koffern fuhr er los. Im großen hatte er, gut getarnt, die gesamte Technik, im anderen Proviant und mehrere Liter Mineralwasser.

An der Grenze zwischen Belgien und Frankreich fanden kaum Kontrollen statt. Nach einem Blick auf seinen alten französischen Paß winkten sie ihn durch.

Nachdem er die Autobahn vor Lille verlassen hatte, kaufte er eine Karte im großen Maßstab. Es war eine Hunderttausender Wanderkarte. Der Flugplatz, seine Umgebung, die Wege und Straßen dorthin waren kurvengenau eingezeichnet.

*

Im Wäldchen gegenüber von Clubheim und Hangar parkte Silberman und orientierte sich durch einen längeren Spaziergang.

Auf dem Sportflugplatz fanden heute am Donnerstag kaum Flugbewegungen statt. Am Nachmittag war ein Schulflugzeug mehrmals über die Graspiste gefegt, und gegen Abend war ein zweimotoriges Geschäftsreiseflugzeug gelandet. Der Hangar stand offen. Ab 18.00 Uhr fiel die Abendsonne hinein.

Silberman sah den blau-weiß-rotlackierten Bell Hubschrauber stehen. Gelassen wartete er die Dunkelheit ab.

Gegen 23.00 Uhr machte er sich auf den Weg. Er brauchte nur die zweihundert Meter breite Wiese zu überqueren.

Wie erwartet, hatte der Nachtwächter inzwischen seinen Dienst angetreten. Offenbar war der Schäferhund an seiner Seite so alt wie er. Beide bewegten sich recht mühsam vorwärts.

Der Wächter umrundete nicht nur den Hangar, sondern auch das Clubhaus und die Baracke mit dem Turm der Flugleitung. Dazu brauchte er reichlich fünfundzwanzig Minuten.

Silberman verließ erst die Deckung, als er die Schritte des Alten nicht mehr hörte. Leider widersetzte sich das Schloß am Hangartor seinem Dietrich. Kurzentschlossen erklomm er, die Torstreben nutzend, das Dach und glitt an den gebogenen Wellblechplatten aufwärts. Dabei prüfte er die Festigkeit der Platten so lange, bis er eine fand, die schon recht locker auf dem Eisengerippe auflag.

Es kostete ihn Mühe, aber er konnte sie so weit anheben, daß er samt Koffer durch den Spalt hineinschlüpfen konnte. Nun hockte er oben im rostigen Eisenträgerskelett. Acht Meter unter ihm stand der Bell 222.

Silberman hatte schon am Trapez gearbeitet. Er war schwindelfrei und hangelte sich am nächsten Stützpfeiler zu Boden. Sofort ging er ans Werk.

Es dauerte länger, als er berechnet hatte, da er weitgehend im Finstern arbeiten mußte. Er hatte sich eine Betriebsanleitung für den Bell 222 besorgt, aber dieses Modell verfügte über Zusatztanks und hatte somit eine nicht seriengemäße Tankanordnung.

Er fand eine Stelle an der Innenseite zwischen den beiden Treibstoffbehältern, die normalerweise nicht gecheckt wurde. Dort befestigte er seinen Sprengsatz mittels Haftmagneten. Das spinnwebdünne Kabel mit dem Zündschalter zog er bis zur linken Rumpfaußenseite, wo unterhalb des stummeligen Stabilisators die Beschriftung aufgemalt war. – Er setzte den Schalter auf den Bindestrich.

Er war schwarz wie der flache Zündschalter. Der rote Punkt in der Mitte fiel nicht auf.

Silberman verließ den Hangar, wie er gekommen war. Auf dem Dach liegend wartete er, bis der Wächter vorbeikam. Um 2.00 Uhr saß er wieder in seinem Kombi im Wäldchen.

Am Morgen, wenn Mauriac abflog, würde er kurz vorher seine Position wechseln. Für gewöhnlich, so hatte Maborock versichert, startete MM gegen zehn.

An diesem Freitag ließ er seinen Helikopter allerdings schon um 9.00 Uhr aus dem Hangar ziehen.

8.

Zunächst überhäufte der SDECE Robert Urban mit Informationen. Leider handelte es sich meist um Fehlanzeigen.

Mit einer Portion Mißtrauen betrachtet, sah es so

aus, als wollte man ihn durch gezielte Falschmeldungen unter Kontrolle halten. – Plötzlich war der Kontakt wie abgeschnitten. Urban konnte auch Gil Quatembre nicht mehr erreichen.

Ohne die französischen Kollegen war er jedoch blind. Um seinen eigenen Apparat für die Suche nach dem Helikoter und MM zu aktivieren, war es zu spät.

Bald war die Grenze seiner Geduld überschritten. Schon begann er, sich ein paar böse Tricks auszudenken. Da rief Quatembre an.

Es war morgens um halb sechs.

„Diese Idioten", schimpfte Gil. „Ich kam gestern spät aus Lyon zurück und fand la chose auf meinem Schreibtisch."

„Wo ist Monsieur MM?" wollte Urban wissen.

„Zu Hause in Lille. Er ist gestern mittag gelandet. Ich habe meinem Assistenten ans Herz gelegt, dich sofort anzurufen, aber . . ."

„Gib ihm Karbid zu fressen und Wasser zu trinken", riet Urban. „Vielleicht kommt ihm dann eine Blähung."

Urban legte auf und rief bei MM in Lille an. Niemand hob ab. Also fuhr er hin.

Paris–Lille, das waren nur zweihundert Kilometer, und es gab eine Autobahn. Aber bis er aus diesem verdammten Paris heraus war, vergingen allein dreißig Minuten.

Er fuhr, was der alte Schlitten hergab und schaffte es zur Ausfahrt Lille-Süd bis halbneun. Noch einmal rief er bei MM an. Das Hausmädchen meldete sich.

Monsieur sei unterwegs zum Flugplatz, sagte sie.

„In Lille gibt es davon vier", wandte Urban ein. „Wo steht seine Maschine?"

„Weiß ich nicht, Monsieur."
„Nannte er nie einen Ort oder einen Club?"
„Nun ja, er ist Mitglied beim Aero Club und braucht nicht weit zu fahren. Nur bis Lesquin."
Urban hängte auf und schaute sich die Karte an.
Richtig, zwischen Lesquin und Vendeville gab es einen Flugplatz.
Also zurück auf die Autobahn, vier Ausfahrten weiter, runter von der Autobahn, Gebühr bezahlen, durch die Dörfer. Er fragte einmal, noch einmal, sah dann endlich das Schild mit dem Flugzeug darauf und der Beschriftung: Champ d'aviation.
Er bog ab, staubte die schmale Straße entlang, durch ein Gehölz, über eine Brücke. Schon sah er die Gebäude. – Er hörte aber auch das typische Pfeifen von warmlaufenden Hubschrauberturbinen.
Wenn er MM diesmal nicht bekam, dann eben anderswo. Gewiß lachte er nur über die Warnung.
Urban riß den BMW herum, brachte ihn zwischen Clubhaus und Flugleitung zum Stehen. Drüben hob der Bell 222 schon ab.
Im Cockpit saß ein Mann. Er trug Kopfhörer wie alle Piloten.
Urban wollte sich bemerkbar machen. Er holte die Stablampe aus dem Handschuhfach und stieg aus, um dem Piloten ein Signal zu übermitteln. Der war aber mit dem Start beschäftigt und mittlerweile schon dreißig Meter hoch.
Urban visierte die Lampe auf das Cockpit und blinkte SOS, dreimal kurz, dreimal lang, dreimal kurz.
Der Pilot hatte die dunkle Brille auf, denn die Sonne blendete. Er bemerkte das Signal nicht. – Jetzt drehte er den Hubschrauber um etwa 180

Grad, bis dessen Nase auf Südost zeigte. Sie senkte sich, wie immer, wenn Helikopter auf Marschfahrt gingen.

Im selben Moment vernahm Urban einen Knall, hell und trocken. Am Hubschrauber gab es nichts, was ein solches Geräusch verursachte. Außerdem kam der Knall nicht von oben, sondern von der Seite und hörte sich an wie ein Kleinkaliberschuß. Jetzt noch ein Schuß.

Der Hubschrauber war schon im Abflug. Er gewann weiter Höhe und Geschwindigkeit. Er bewegte sich völlig normal. – Drei vier Sekunden später zuckte oben aus der Motorabdeckung jedoch ein Blitz. Etwas krachte ohrenbetäubend und sang, als risse ein überdehntes Kabel. – Wieder ein paar Sekunden nichts, dann schwarzer Rauch mit gelbrotem Flammenkern.

Der Hubschrauber schüttelte sich, kippte und kreiselte unaufhaltsam zur Erde. Ehe er aufschlug, brannte er nur, doch als er aufgeschlagen war, gab es eine Reihe von Explosionen.

Am Boden flogen brennende Teile hoch aus dem Feuerball und taumelten zur Erde zurück. Eine Sirene heulte auf.

Urban sah einen Mann laufen. Aber nicht zur Absturzstelle hin, sondern zu seinem geparkten Combi. Der Mann hatte etwas Rohrähnliches in der Hand, ein Gewehr.

Urban folgte ihm, riß die Mauser vom Magnethalfter, rief ihn an, er solle stehenbleiben.

Das tat der Mann auch. Dabei sprang er in die Grätsche und wandte sein Gesicht Urban zu. Doch gleichzeitig vollführte er eine merkwürdig gekünstelte Bewegung. Erst schleuderte er das Gewehr kreisend herum, warf es hoch, fing es wieder, und aus dem Hüftanschlag schoß er.

Allein diesem Umstand verdankte Urban, daß ihn die Kugel statt in Herzhöhe im Oberschenkel traf. Der tobende Schmerz zwang ihn sofort auf die Knie. – Völlig aussichtslos, den Schützen noch zu erwischen.

Ungehindert erreichte der Unbekannte den Combi, warf sich hinein, startete und fuhr weg.

Indessen brannte und verglühte am Rollfeld der Hubschrauber.

Urban humpelte zu seinem Wagen und legte sich einen Notverband an. Später hörte er die Polizei kommen.

Sie umringten seinen BMW mit Maschinenpistolen in Vorhalte.

„Sie sind festgenommen“, sagte einer der Polizisten.

*

Erst der SDECE-Agent Gil Quatembre befreite Urban von dem Verdacht, er könnte den Hubschrauber durch Schüsse zum Absturz gebracht haben.

„Ist doch völlig absurd“, sagte Quatembre. „Dieser Mann kam, um Mauriac zu warnen.“

Nach Aussagen von Augenzeugen waren die Schüsse von einem Mann mit grünem BX-Combi abgegeben worden.

Urban zweifelte allmählich an seinem Verstand.

„Es war ein Kleinkalibergewehr“, behauptete er. „Als Pennäler haben wir damit unsere ersten Schießübungen veranstaltet. Ich kenne den harten, kurzen Knall. Aber mit einem KK einen Bell runterzuholen, das ist unmöglich."

„Unsere Schuld", bedauerte Gil, „daß es zu spät war."

„Ungefähr drei Minuten zu spät."

Urban hatte wirklich alles versucht, an ihm hatte es nicht gelegen. Aber das war keine Entschuldigung. Verdammt, er hätte zum Geheimdienst marschieren und mit der Faust auf den Tisch schlagen sollen.

Leider waren die Sitten hier anders.

„Und MM?" fragte Urban.

„Verkohlt."

„Damit ist die letzte Spur futsch."

Der Arzt kümmerte sich um Urbans Streifschußwunde, schnitt die Wundränder glatt, streute Puder darauf und legte einen festen Verband an.

„Damit können Sie ewig leben", sagte der Doktor. „Vorausgesetzt, Sie wollen nicht in der Seine schwimmen."

„Werde mich hüten", versprach Urban.

Er humpelte noch ein wenig, aber nach einem Doppelten – auch wenn es nur Cognac war – stand er wieder voll im Einsatz.

Er begleitete die Polizeieinheit auf ihrer Spurensuche rund um den Flugplatz. Sie fanden aber nichts von Bedeutung.

„Wie sieht der Killer aus?" wollte Quatembre wissen.

„Groß, kahlköpfig."

„Und er hatte nur dieses Sportgewehr?"

„Ich halte es auch für einen Witz", gestand Urban. „Vermutlich traf er genau die kritischste Stelle am Hubschrauber. Oder er feuerte eine Mini-Gewehrgranate, oder . . ."

„Ja, oder was, bitte?“

„Er schoß auf einen vorher angebrachten Zünder und aktivierte ihn dadurch.“

„Du hast eine schmutzige Fantasie“, bemerkte Quatembre.

„Der Kerl vollführte, als er auf mich anlegte, mit der Waffe eine komische Bewegung.“

„Was ist komisch?“

„Zum Beispiel, wenn Cowboys ihre Colts um die Finger kreisen lassen.“

„Das ist Kino.“

„Die drei Schüsse sind brutale Wirklichkeit. Den auf mich leitete er mit einer kunstvollen Bewegung ein, als hätte er sie so lange geübt, daß er sie nicht mehr aus sich herausbringt.“

„Wie ein Cowboy“, wiederholte Quatembre.

„Oder wie ein Kunstschütze.“

„Vom Zirkus, he?“

„Ich möchte den Toten sehen“, bat Urban.

Er lag im gerichtsmedizinischen Institut der Universität Lille. Das Feuer hatte den gut einsachtzig großen Mauriac um die Hälfte schrumpfen lassen. Im Grunde war er ein Haufen Kohle. Ein Bein fehlte. Es war beim Bergen aus den Wracktrümmern verlorengegangen.

Trotzdem hatte man ihn zu sezieren versucht. Mit erstaunlichem Ergebnis.

„Tot durch Feuer von über tausend Grad“, sagte der Pathologe. „Aber wir fanden diese Gegenstände bei ihm. Sie sind von der Hitze kaum beeinträchtigt worden.“

Was sie aus der Asche herausgeschnitten hatten, lag in einer Porzellanschale.

„Seine Uhr“, zählte der Arzt auf, „Zigarettenetui, Kugelschreiber, Feuerzeug, Krawattenklemme,

Brillengestell und ein Siegelring. Sogar das Monogramm ist noch zu erkennen."

Urban bat um ein Tuch und begann, die Gegenstände zu säubern. Als die Rußschicht beseitigt war, sagte Gil Quatembre:

„Silber."

„Das wäre weggeschmolzen wie Butter."

„Sieht aber wie Silber aus."

„Es gibt ein Metall", erwähnte Urban, „das wie Silber aussieht, aber kein Silber ist und extrem hohe Temperaturen aushält."

„Titan?" fragte Gil ungläubig.

„Titan", bestätigte Urban. „Kann ich einen dieser Gegenstände leihweise haben? Ich würde ihn gerne in unserem Labor untersuchen lassen."

„Gegen Quittung", antwortete der ebenfalls anwesende Polizeikommissar.

*

In der technischen Abteilung des BND-Hauptquartiers in Pullach, genannt Stralman-Labor, ließ Urban das Zigarettenetui untersuchen.

Das Ergebnis lautete wie erwartet.

„Aber warum stattete sich Mauriac ausschließlich mit Titanprodukten aus?" überlegte Urban.

„Es ist teurer als Gold", schätzte der Professor. „Zumindest bei solchen Luxuserzeugnissen."

„Er muß ein Titan-Fan gewesen sein. Oder er befaßte sich damit."

„Letzteres würde ich angesichts der kompletten Kollektion beinahe annehmen."

Urban fühlte den Anfang eines roten Fadens zwischen den Fingern.

„Mauriac war Fachmann für Metallurgie. Vielleicht befaßte er sich mit Titangewinnung. Möglicherweise im Auftrag von Dr. Henkel und dessen Industriegruppe."

„Bei Titan gibt es noch einiges zu erforschen", erklärte der weißhaarige Professor. „Bis heute ist es zu teuer, was Gewinnung und Verarbeitung betrifft. Ein fantastisches Material allerdings. Leichter als Aluminium, härter als der beste Stahl. Vom lieben Gott uns Menschen geschenkt, für die Raumfahrt, die Luftfahrt, die Atomtechnologie, überall wo es auf Zähigkeit und Korrosionsbeständigkeit ankommt, Titan rostet nicht, altert kaum, ist beständig gegen Salpetersäure und nur von Flußsäure und Salzsäure angreifbar."

Urban faßte zusammen.

„Ein idealer Werkstoff für Raketen, Düsentriebwerke, Motoren, Reaktoren, spezielle Rohrleitungen, Behälter et cetera."

„Die Russen sind groß im Export", ergänzte Stralman.

„Könnte man so etwas monopolisieren?"

„Wenn man Gewinnung und Verarbeitung radikal vereinfachen würde."

„Ob Monsieur MM etwas derartiges erfand?"

Stralman steckte die Nuckelpfeife an und paffte stinkende Wolken. Urban hatte den Verdacht, daß er neuerdings nicht nur seinen Schnaps selbst brannte, sondern auch einen Tabakanbau betrieb.

Er fuhr in sein Büro, analysierte den Fall wie ein Schachspieler eine schwierige Stellung auf dem Brett und sah einen Silberstreifen am Horizont. Zumindest wußte er endlich, um was es ging.

Jetzt fehlten nur noch die Akteure.

Vielleicht half ihnen Monsieur MMs Terminkalender weiter. Falls es den gab. Oder sein Flugbuch, falls es nicht verbrannt war.

Wenn sie alle Flugplätze Europas abfragten, sollte herauszufinden sein, wo der Bell 222 überall gelandet war.

Beim Nachdenken kam Urban auf die einfachste Lösung.

Er rief den Flugplatz Vendeville bei Lille an.

Der Mann dort erinnerte sich an ihn.

„Wie geht es Ihrem Bein, Oberst?"

„Es wächst langsam wieder hin."

„Ein Guter hält es eben aus."

„Haben Sie eine Ahnung", fragte Urban, „wohin Mauriac fliegen wollte?"

„Er ließ randvoll tanken."

„Was bedeutet das?"

„Er hoffte, mit den Zusatztanks mindestens tausend Kilometer weit zu kommen."

„Und sein Ziel?"

„Uns nannte er Lugano."

„Glauben Sie, daß er nach Lugano geflogen wäre?"

Der Flugleiter in Vendeville zögerte.

„Monsieur", antwortete er. „Es ist schwierig, einen Mann zu beurteilen, der ein Meister der Täuschung ist."

„Aber oft ist es leicht, so einen Mann mit seinen eigenen Mitteln zu besiegen."

„Indem man auch ihn täuscht, meinen Sie."

„Oder anders." Urban äußerte sich nicht genau, wie er es meinte. „Lugano also."

„Oder nicht Lugano."

„Merci."

Die Antwort, so hoffte er, würde ihm weiterhelfen.

einem Fahrzeug mit deutschen Kennzeichen, einem BMW-Coupé der Sechshunderter Serie. Farbe Stahlblau. Der Mann ist kein Unbekannter."

Der Manager und Maborock hingen buchstäblich an Mlineks Lippen.

„Spannen Sie uns nicht auf die Folter, Genosse Mlinek", äußerte der Manager.

„Vermutlich", kam Mlinek zum Schluß seines Vortrages, „ist dieser Mann nur Insidern bekannt. Für sie aber, und für alle seine Gegner aus der Geheimdienstszene, stellt er eine Horrorfigur dar. Er ist derselbe, den ich in Österreich sah und der Clement Mabuses Haus in Versailles durchsuchte, kurz nachdem wir das Archiv auf den Kopf gestellt hatten. Ich meine den BND-Agenten, den sie Mister Dynamit nennen."

Der Manager und Maborock wechselten Blicke, als sei ihnen der Name durchaus geläufig.

„Bob Urban, Code achtzehn." Maborock fluchte. „Verdammt, das fehlte noch, daß der Bluthund aller Bluthunde auf dieser Fährte herumschnüffelt."

„Nur die Ruhe, Genossen", riet Mlinek. „Er wurde von Silberman verletzt, das hinderte ihn daran, ihm zu folgen. Als dic Polizei kam, nahmen sie ihn sofort fest. Erst Stunden später dürften Freunde vom französischen Geheimdienst ihm aus der Patsche geholfen haben."

„Wie kam Silberman klar?"

„Er sitzt in seinem Hotel in Brüssel und genießt den Erfolg."

„Und das Erfolgshonorar", ergänzte der Manager. „Gibt es Hinweise darauf, daß man hinter ihm her ist?"

„Äußere Anzeichen nicht", antwortete der Angesprochene. „Aber intern läuft natürlich Großfahndung. Doch was sich in den zuständigen Büros und Ämtern alles tut, dafür fehlt uns der Einblick. Da man Silberman nicht kennt, weil er nicht in der Liste der Berufskiller steht und nicht zu jenen Leuten gehört, die zu Mauriacs Feindeskreis zählen, dürfte er relativ sicher sein."

„Wie lange?"

„Nun, Objekt Nummer drei wird er noch schaffen, wenn er sich beeilt. Natürlich sollten wir die Fachleute der NATO-Geheimdienste nicht unterschätzen. Anzunehmen, daß sie ihre besten Experten ansetzen, Männer wie Mister Dynamit."

„Notfalls muß man sich diesen Herren vornehmen und ihn stoppen."

„Wird das nicht ein bißchen viel für Silberman?"

„Wir haben einen tüchtigen Vorsprung", erinnerte Maborock. „Silberman muß so schnell wie möglich Objekt Nummer drei erledigen. Was haben Sie in Italien ermittelt, Ukow?"

Ukow nahm einen braunen Umschlag aus seiner Sakkotasche. Er hatte DIN-A5-Format und enthielt Fotos, Skizzen und Tabellen.

„Zu Ihrer Verfügung, Genossen", sagte er.

*

Die Verantwortlichen des Unternehmens prüften die Unterlagen. Wie fasziniert starrte Maborock auf eines der Fotos. Es zeigte eine elegante Frau in Abendgarderobe beim Verlassen der Mailänder Scala.

„Julia Doria."

„Was für ein Weib", ergänzte der Manager. „Stammt sie nicht von den Genueser Dorias?"

„Uralter Adel", bestätigte Ukow.

„Eine klassische Schönheit."

„Und nicht unvermögend", ergänzte Ukow.

Der Manager, der sich in Finanzdingen gut auskannte, lachte und schüttelte den Kopf.

„Nun untertreiben Sie aber. Julia Doria ist eine der reichsten Frauen Italiens, wenn nicht Europas."

„Zugegeben, sie hat Macht und Einfluß. Die Arme ihrer Unternehmen halten wie die Tentakel eines Kraken alles umfaßt, was Beute, sprich Geld, bringt. Banken, Medien, Chemie- und Metallindustrie."

„Darin entwickelt sie offenbar besonders starke Interessen."

Ukow versuchte, es zu begründen.

„Ihr Großvater, dem die metallverarbeitende Industrie Italiens ihre internationale Bedeutung verdankt, liebte Julia über alles. Sie war sein einziges Enkelkind. Diese Liebe übertrug sie auf die ererbten Unternehmen. Gerade ihre Metallwerke haben heute stark zu kämpfen. Das heißt, sie verlieren im gnadenlosen Konkurrenzkampf an Boden. Und wie man an kranken Kindern besonders hängt, versucht sie, diesen Geschäftszweig mit allen Mitteln hochzubringen. Deshalb plante sie auch gemeinsam mit Henkel und Mauriac das Titankartell."

„Nach dem neuesten Gewinnungsverfahren."

„Und Verarbeitungsverfahren", ergänzte der Manager. „Schafft mir diese schöne Teufelin vom Hals, und es geht mir besser."

„Als Julia Doria", fuhr Ukow fort, „vom Tod ihrer beiden Partner erfuhr, verfiel sie natürlich nicht in Trauer, denn offiziell besteht keine Verbindung zwischen ihnen. Aber wie das bei Frauen so ist, wenn Schwierigkeiten auftauchen, werden sie besonders hartnäckig. Sie denkt nicht daran, die Pläne aufzugeben."

„Nach dem Motto: Jetzt erst recht."

„Obwohl sie nun ganz allein dasteht."

„Es ist ihr zuzutrauen, daß sie es schafft", äußerte Maborock. „Deshalb muß Silberman handeln. Rasch und rücksichtslos."

„Wo hält sie sich auf?" erkundigte Mlinek sich.

„Derzeit in ihrer Villa am Lago Maggiore."

„Nicht in der Konzernzentrale."

„Sie leitet die Geschäfte mit Hilfe modernster Führungselektronik meist von ihrem Palazzo aus."

„Die Zentrale befindet sich in Mailand", erinnerte Maborock sich.

„Sie fährt manchmal dorthin, aber selten."

„Sie ist sich zu fein", höhnte der Ostimpex-Chef, „für die Arbeit am Schreibtisch des Generaldirektors. – Da hat sie allerdings recht."

„Sie ist krank", lieferte Ukow als Begründung.

„Wie krank?"

„Im Sinne von nicht gesund, Genosse Direktor."

„Und woran hapert es bei ihr?"

„An den Augen."

„Sie war diejenige der drei Konferenzteilnehmer in Schottland, die Mühe hatte den Weg zum Schloß zu finden", steuerte Mlinek bei.

„Der eine war lahm", zählte Maborock auf, „der zweite schwerhörig, der dritte sieht nicht oder nur wenig. Eine Frau wie die Doria unternimmt doch etwas dagegen, konsultiert die besten Augenärzte der Welt."

„Sie könnte sich eine eigene Augenklinik leisten. Sie gibt Milliarden Lire für Forschungen auf diesem Gebiet aus. Offenbar bis heute vergebens."

„Um so leichter ist es, an sie heranzukommen", meinte der Manager.

„Oder um so schwerer, Genosse", entgegnete Ukow. „Sie umgibt sich mit Personal, von dem jeder ein ausgebildeter Leibwächter sein könnte."

„Silberman wird etwas einfallen."

„Bei Julia Doria muß er neue Ideen entwickeln, fürchte ich. Es sei denn . . ."

Jeder wartete begierig zu hören, was Ukow zu sagen hatte.

„Nun", drängte Maborock. „Es sei denn was?"

„Ich hatte nur wenige Tage Zeit", bedauerte der Agent, „um mich in die Materie Julia Doria einzuarbeiten und die Details zusammenzutragen. Auch aus dem Archiv der Moskauer Zentrale kam nur ein mageres Dossier dazu. Aber ich lernte eine Italienerin kennen, die zur Putzkolonne im Palazzo Doria gehört. Sie sagte, sie würde mit der Contessa nicht tauschen wollen. Sie sei ein schönes reiches, armes Mädchen. Seit ihrer Kindheit versuchten Ärzte, ihre Sehbehinderung zu bessern. Sie seien aus allen Ländern angereist. Ohne Erfolg. Nun habe Julia Doria wohl nur noch eine Hoffnung."

„Die Japaner bauen winzige Minikameras. Sie wirken auf Sensoren, die direkt im Gehirn implantiert werden", steuerte Mlinek bei und setzte hinzu: „Hörte ich."

„Sie baut lieber auf Mischa Lussowsky."

Jeder im Raum kannte Professor Lussowsky. Er galt als der berühmteste und erfolgreichste Augenchirurg des Ostens. Vielleicht hätte man ihn den besten der Welt genannt, wenn europäische und amerikanische Augenärzte seine Methoden nicht angezweifelt, ja sogar rundweg verurteilt hätten.

„Lussowsky ist wirklich die allerletzte Instanz",

bemerkte Maborock, „bevor es für immer dunkel wird. Julia Doria hofft nun auf Dr. Lussowsky. Warum erwähnen Sie diesen Augenoperateur, Genosse Ukow?"

„Sie läßt ihn einfliegen, wie ich erfuhr."

„Wann?"

„Das wird man in Moskau genauer wissen."

Jetzt begriff Maborock. Er pfiff über die Schneidezähne und hob ruckartig das Kinn.

„Fabelhaft, Ukow, allererste Klasse. Sie meinen, um Silberman aktiv werden zu lassen, müssen wir ihn in die Nähe der Doria bringen. Was aber für Silberman ein unlösbares Problem darstellt, wird Professor Lussowsky ohne Schwierigkeiten gelingen."

„Das war mein Hintergedanke, Genosse."

Maborock und der Ostimpex-Direktor verfielen in Nachdenken.

„Das geht nicht ohne Einverständnis und Mitwirkung der Dzerzhinsky Straße."

„Die Zentrale muß grünes Licht geben."

„Das wird sie, wenn wir alles vermeiden, was uns kompromittieren könnte." Maborock schaute auf die Uhr. „Wann ist der General erreichbar?"

„Jetzt."

Der Direktor der Ostblock-Firma in Zürich hob sein Telefon ab und begann Moskau anzuwählen.

10.

„Das Kunststück", antwortete Urban seinem Vorgesetzten Oberst a. D. Sebastian, „daß man aus zwei Opfern auf das dritte schießen kann, das müssen Sie mir erst mal vormachen."

„Ich bin Operationschef", erwiderte Sebastian, „und Sie sind der Alleskönnertausendsassa."

Urban überhörte es geflissentlich. Die Sache bereitete ihm ohnehin genug Kopfschmerzen.

„Wir wissen nicht einmal, ob ein und derselbe Täter am Werk war."

„Die Opfer kommen aus einer bestimmten Ecke, nämlich der metallgewinnenden und metallverarbeitenden Industrie."

„Nur, daß die Tatorte tausend Kilometer auseinanderliegen."

Sebastian erhob einen Einwand, der mehr einer Frage glich.

„Kannten sich die Opfer denn nicht gut?"

„Was ist gut, bitte?"

„Hatten Sie nicht von diesem Klatschreporter Mabuse ein Foto. Und fand er es nicht, weil Sie ihm das Stichwort Tobias Henkel lieferten?"

„Ist das Archiv eines Gesellschaftsreporters jetzt schon Beweisstück Nummer eins?" wandte Urban ein.

„Ist Mord etwa keines?"

„Leider gehört etwas mehr dazu. Noch sind keinerlei Querverbindungen herstellbar."

„Beide Opfer versuchten, irgend etwas mit einem Metallkartell", erwähnte Sebastian.

„Behauptungen", tat Urban es ab.

„Mauriac war Titanexperte. Lagen Henkels Bemühungen nicht in dieser Richtung?"

„Wenn sie sich kannten, dann eben so, wie sich Industrielle, Konzernchefs, Manager und Bankiers zu kennen pflegen."

Sebastian schwenkte wieder zum aktuellen Problem zurück.

„Mauraic wollte nach Lugano."

„Lugano nannte er dem Mann in der Luftleitung. Aber er änderte oft seine Ziele."

„Ist es richtig, daß bei Mauriac alles, was ein Mann bei sich trägt, von den Manschettenknöpfen bis zum Kamm, aus Titan gefertigt war?"

„Ein Kamm war nicht dabei", sagte Urban, „auch kein Taschentuch aus Titan. Aber ansonsten trifft dies zu."

„Könnte also derjenige, den Mauriac in Lugano besuchen wollte, auch ein Titan-Freak sein?"

„Sie meinen einen Industriellen, der sich mit Titan befaßt."

Sebastian grinste wie der Erfinder der Bratkartoffel.

„Genau das."

„Das haben wir längst geprüft und prüfen es weiter."

„Vielleicht kommen Sie dann endlich zu Ergebnissen, ich meine, bevor wieder etwas irreparables geschieht."

Urban hörte kaum noch hin. Fast alle Fragen, die es in diesem Zusammenhang gab, hatte er sich längst selbst gestellt. Nur eine Frage gab es noch, und die stellte er nun dem Alten.

„Halten Sie die Sache für so wichtig, daß wir damit zwanzig Prozent unserer Kapazitäten blokkieren."

„Ich doch nicht", tat der Alte entrüstet. „Ich habe zu Hause eine Reiseflasche für Schnaps aus Titan. Sie steht unbenutzt neben anderen Präsenten aus Titan. Offenbar ist es Mode, aus Titanabfällen Firlefanz herzustellen und als teure Geschenkartikel zu verkaufen. Wie gesagt, ich habe mit Titan nichts am Hut. – Anders Bonn, genauer das Wirtschaftsministerium, mit der dort herrschenden

Sucht, sich auf keinem technologischen Gebiet abhängen zu lassen.“

„Die internationale Konkurrenz“, erwähnte Urban, „ist stark, und wir sind exportorientiert. Der Lebensstandard, die Arbeitsplätze und, und, und, hängen davon ab. Wenn wir auch nur auf einem Gebiet lockerlassen, sind es morgen zwei, in einem Jahr ein Dutzend, und in zehn Jahren bilden wir das Schlußlicht in Europa. Wie, bitte, sollen wir dann unsere Menschen ernähren, unsere Häuser im Winter heizen, unsere Autos betreiben?“

„Klar, sechzig Milliarden im Säckel ist besser als sechzig Milliarden Schulden.“

Urban hatte dem Alten eigentlich nur sagen wollen, daß es nichts zu sagen gab. Das war jetzt gesagt und alles andere Zeitvergeudung.

Er ging in sein Büro, schaltete sich gedankenmäßig wieder in die Kreisbahn ein und ließ das Karussell rundlaufen.

*

Am späten Nachmittag wurde Urban per Rohrpost eine Liste von Industriellen, die in Oberitalien mit Titan zu tun hatten, heraufgeschossen. Er ging sie durch, hakte den einen und anderen ab und ließ sie näher überprüfen.

Er goß sich Kaffee ein und mußte plötzlich an Clement mit dem Pseudonym Mabuse denken.

Der Bursche könnte ihm weiterhelfen. Clement wußte, daß Henkel mit Mauriac zusammenarbeitete, und vielleicht gab es noch einen dritten. – Aber Clement war, seinem legendären Vorbild Mabuse nacheifernd, spurlos verschwunden.

Also mußte man ohne ihn weiterkommen.

Urban hatte auf seinem Block zwei Positionen stehen. Titan und Lugano.

Gegen Abend bekam er die nächste Information aus dem Archiv.

Bei der in Oberitalien ansässigen Industrie befaßten sich einige Hersteller mit der Verarbeitung von Titan zu Schmuck, zu Blechen, zu Motorenteilen wie Pleueln und Kurbelwellen.

„Also nur Kleinkram. Führt keine Spur zur Großindustrie?“

„Es gibt eine Reihe von ideenreichen Fabrikanten“, übermittelte ihm der Mann in der EDV. „Aber wer von ihnen denkt daran, eine Titanverarbeitung aufzuziehen. In ihre Gehirne oder die Firmensafes können wir nicht blicken.“

In diesem Moment hatte Urban einen Einfall, den er auf beginnende Kopfschmerzen zurückführte. Immer dann waren bestimmte Bereiche seines Gehirns besonders kreativ.

„Tobias Henkel war doch behindert?“

„Ja, gelähmt.“

„Und Mauriac ebenfalls.“

„Er war so gut wie taub.“

„Ob Henkel, falls er der Drahtzieher gewesen ist, besonderes Vertrauen zu körperlich behinderten Partnern hatte?“

„Das kann Zufall sein.“

„Okay, zwei Behinderte sind noch kein Beweis. Aber wie wär's, wenn ihr alle Geschäftspartner Henkels einem diesbezüglichen Check unterziehen würdet?“

„Gemacht“, sagte der Mann im Archiv, für jeden Hinweis dankbar.

Jetzt würde er seinen Computer mit dem Vermerk *behindert* aktivieren.

Urban rauchte eine Goldmundstück nach der anderen. Doch weder Nikotin noch Koffein halfen. Die Nebel von Müdigkeit und Erschöpfung wurden immer stärker und dichter. Schon im Begriff, nach Hause zu fahren und das erprobte Mittel – eine tüchtige Mütze Schlaf – dagegen zu nehmen, summte sein Telefon.

„Der Computer warf zwei Positionen aus. Es gibt einen Commendatore Sistini. Er lebt in Como und besitzt eine Gold- und Silberscheideanstalt bei Turin."

„Behindert?" fragte Urban sofort.

„Im Krieg schossen sie ihm ein Bein ab."

„Dann dürfte er nicht mehr der Jüngste sein."

„Knapp siebzig."

Urban war überzeugt, daß Sistine nicht in Frage kam. In seinem Alter ließ man sich nicht mehr in gefährliche Abenteuer ein.

„Und der andere?"

„Eine Frau. Dr. Julia Doria."

„Die Doria", sagte Urban. „Schon mal gehört, den Namen."

Er wußte nicht viel von ihr. Was ihm fehlte, um von der Macht dieser Frau den richtigen Eindruck zu gewinnen, lieferte der Archivar.

„Und die Behinderung?" faßte Urban nach.

„Sie ist fast blind."

„Davon ist in der Öffentlichkeit kaum etwas bekannt."

„Ihre PR-Abteilung stellt es nicht groß heraus. Heutzutage, wo jeder Erfolgreiche auch gesund zu sein hat, wäre es ein Nachteil."

„Julia Doria", wiederholte Urban. „Wo lebt sie?"

„Ihr Palazzo steht auf einer Halbinsel im Lago Maggiore."

„Sind Interessen am Titangeschäft feststellbar?"
„Das wird noch überprüft."
„Kannte sie Mauriac?"
„Wird ebenfalls überprüft. Aber in jedem Fall kannte sie Henkel."
„Danke", sagte Urban, „das genügt vorerst."
Als drittes Mitglied im Titanbund kam nur sie in Frage. Somit rückte sie in der Liste der möglichen Opfer in eine der oberen Positionen. Man mußte sie warnen.

Urban war jetzt soweit, daß das Gehämmer in seinem Kopf anfing. Das war der Dank des Gehirns, daß es auf Übertouren gelaufen war. Er griff in die Sakkotaschen, zog den Plastikstreifen hervor und drückte eine Thomapyrin heraus. Die weiße Tablette stellte das Hammerwerk ab. – Binnen zehn Minuten.

Er wollte schon gehen, da legte sich ein Schatten auf seinen Schatten. Er war kurz, aber breit. Der Operationschef stand neben ihm.

„Sie haben die Goldader entdeckt?"

„Ich kenne einen Mann", sagte Urban, „der hielt im Gebirge an einem Bach zwei Hühner. Eines Tages schlachtete er ein Huhn und sah in seiner Leber ein winziges Körnchen Gold. Er ging der Sache nach und entdeckte dort, wo das Huhn herumgepickt hatte, wirklich Gold im Sand."

„Das haben sie sich gerade erst ausgedacht."

„Nein, irgendwo gelesen", gestand Urban. „Aber was ich fand, könnte eine Goldspur sein. Ich rufe Sie an."

„Von wo?"

Urban hoffte, daß er Erfolg hatte, war aber nicht sicher. Also schwieg er. Denn was er nicht genau wußte, das verriet er auch nicht.

Zu der Halbinsel am Westufer des Lago Maggiore führte eine gewundene Teerstraße. Sie war privat. Etwa hundert Meter vor der Toreinfahrt stand eine Sperre in Form eines eisernen Schlagbaums.

Hinter dem massiven Tor und der hohen Mauer lag der Park. Im Park umgaben Pinien, Zypressen und Palmen einen Renaissance-Palazzo.

Außerdem gab es mehrere Nebengebäude. Garagen, das Filtrierwerk, das Kraftwerk, die Unterkünfte für das Personal und einen klimatisierten Anbau aus Glas. Dort arbeiteten Spitzenkräfte des Doria-Konzerns an elektronischen Geräten, welche die Fernsteuerung des weltweit vertretenen Unternehmens erlaubten.

Im Hafen, auf der Seeseite, lagen zwei Riva-Schnellboote und ein Wasserflugzeug vertäut.

Etwa hundert Meter weiter draußen war eine Badeinsel verankert. An Deck dieser Plattform sonnte sich eine Frau. In Griffhöhe hatte sie das Funktelefon. Ein Walkman versorgte sie mit Musik.

Es ging auf 17.00 Uhr. Sie hatte angeordnet, daß sie bis Sonnenuntergang nicht gestört zu werden wünschte.

Sie fühlte sich hier sicher. Die Leibwächter am Ufer waren mit Ferngläsern ausgestattet und bereit einzugreifen, was immer auch geschah.

Von dem Mann, der sich getaucht schwimmend der Badeinsel näherte, wußte Julia Doria hingegen noch nichts.

Bis ihr hochfeines Gehör ein Platschen vernahm, das anders war als das Gurgeln der Wellen unter den Pontons. Dazu kam ein leicht veränderter

Gleichgewichtszustand der Badeinsel, als lege jemand seine Hand auf die Planken.

Sie hob den Kopf, bedeckte ihre Brüste mit einem Handtuch und nahm die Kopfhörer ab.

„Scusi“, ertönte eine sonore Männerstimme, „sono precisamente all'indirizzo della Contessa Doria? – Bin ich hier richtig bei Contessa Doria?“

Der Teufel wußte, wie dieser Mann das an Bojen aufgehängte Stahlnetz überwunden hatte. Aber nun war er da. Vielleicht ein Kidnapper. Alles war möglich in diesen unsicheren Zeiten.

Julia Doria verhielt sich ruhig und besonnen.

„Ich bin nur die Zofe.“

Es mochte bildhübsche Zofen geben, aber wohl nur wenige von solch adeliger Schönheit.

Sie konnte den Mann nicht sehen, bemerkte aber, daß er sich aus dem Wasser stemmte und neben sie setzte.

Sie tastete zum Funktelefon.

„Aber nicht doch, Gnädigste“, sagte Robert Urban. „Ich bin ein Freund. Einer von den wenigen, die Sie haben. Sie sollten mich anhören.“

„Das hier ist Privatbesitz. Es ist als würden Sie in mein Schlafzimmer eindringen.“

„Es gab keinen anderen Weg, Contessa. Ihr Sekretariat richtet um Sie die Mauer einer Festung auf.“

Erst antwortete sie nicht, dann zögernd.

„Was wollen Sie von mir?“

„Sie sprechen.“

„Um was geht es?“

„Um Ihre Sicherheit.“

„Sicherheit, die ich bezahlen muß“, spottete sie.

„Nicht mit einer Lira“, erklärte Urban.

„Sie sind ein Schwindler. Sicherheit, die nichts

kostet, ist nichts wert. Los, verschwinden Sie, oder ich lasse Sie von meiner Leibwache . . .“

„Na schön“, antwortete er. „Bis die Burschen zur Stelle sind, vergehen drei Minuten. Zeit genug, um Sie zu informieren. Ihr Leben ist in Gefahr, Contessa Julia.“

„Das behaupten viele, immerzu und täglich. Der eine will, daß ich meine Versicherung erhöhe, der andere will mir eine neue Alarmanlage verkaufen, der dritte einen gepanzerten Mercedes, der vierte einen atomsicheren Bunker . . .“

„Und der fünfte bin ich“, ergänzte Urban.

„Was verlangen Sie dafür?“

„Agenten von Geheimdiensten machen ihren Job gratis, Gnädigste. Sie werden normalerweise vom Staat recht gut dafür bezahlt.“

Sie blickte in die Richtung, wo sie ihn vermutete, und nahm die dunkle Brille ab. Die Winkel ihres sinnlichen Mundes bewegten sich deutlich nach unten.

„Geheimdienste sind schlechtere Partner als die Mafia, weil unberechenbar“, antwortete sie nicht ohne Bitterkeit.

„Mag sein.“ Urban lehnte sich an die weißgestrichene Reling. „Weil sie von der Politik abhängig sind, die sich rascher ändern kann als der Dollarkurs.“

Das Telefon zirpte. Offenbar hatte man die Vorgänge auf der Badeinsel beobachtet und rief an.

Julia Doria hob nicht ab.

„Italiener?“ fragte sie. „Oder CIA?“

„Würden Sie einen Mann des Bundesnachrichtendienstes Deutschland als Partner für ein kurzes Gespräch akzeptieren?“

„Können Sie sich legitimieren?“

„Unsere Ausweise sind leider nicht wasserdicht, Gnädigste."

Sie schien nachzudenken. Sie suchte ihn mit ihren dunklen toten Augen. Da sie ihn nicht sehen konnte, verfehlte ihn ihr Blick abermals. Unvermutet äußerte sie einen Wunsch.

„Kommen Sie näher, bitte."

Sie streckte beide Hände aus, fand ihn aber nicht.

„Noch näher."

Sie tastete in die falsche Richtung. Er nahm ihre Hände und führte sie.

„Ihr Gesicht, bitte", sagte sie.

Ihre Hände waren warm und dufteten nach Sonnenöl. Sie legte sie auf beide Gesichtshälften. Ihre Fingerkuppen bewegten sich wie Seidenraupen. Meist ersetzte bei Blinden der Tastsinn das Augenlicht.

„Hat man Sie bedroht?" fragte Urban.

„Ja, als Kind", antwortete sie mit ihrer rauhen Stimme, „wenn ich meine Pasta nicht essen wollte."

„Seitdem nicht mehr?"

Ihre Fingerspitzen ließen keinen Quadratzentimeter seines Gesichtes ungeprüft. Sie fuhren am Haaransatz entlang über Stirn und Brauen, maßen den Schnitt der Augen aus, die gerade, kräftige Nase, die Jochbeine, die Wangen, den Mund, das breite, ein wenig zu massive Kinn.

„Man hat mich nicht mehr bedroht", fuhr Julia Doria fort, „seitdem ich pro Jahr fünfhundert Millionen Lire für eine wohltätige Organisation überweise."

„Eine Schutzgeldzahlung, also."

„Die Organisation ist auch wohltätig zu mir und läßt mich in Frieden."

„Residiert sie etwa in Neapel?"

„Nein, in Sizilien. Und ich setze den Betrag von der Steuer ab.“

Als Urban glaubte, sie habe sich sein Aussehen nun eingeprägt, strich sie noch einmal über die Konturen seines Mundes.

Plötzlich zuckten die Hände zurück. Der Ausdruck ihres Madonnengesichtes änderte sich, als ob sie heftigen Ekel empfinden würde.

„Gehen Sie.“

„Ich bin noch nicht fertig, Contessa Julia“, erklärte er.

„Sie mißfallen mir“, äußerte sie spontan.

„Geben Sie mir noch zwei Minuten. Es ist von Bedeutung für Ihr weiteres Leben.“

Während sie ihn abtastete, war das Handtuch, das sie unter den Achseln festgeklemmt hatte, heruntergeglitten und hatte ihre prallen Brüste entblößt. Sie wurden zu den Spitzen hin fast dunkelbraun.

Sie legte sich zurück und bedeckte sich mit dem weißen Frottee.

„Ich will nicht so unhöflich sein wie Sie“, erklärte sie. „Sie machten sich die Mühe mich zu finden, also sprechen Sie. Aber bitte fassen Sie sich kurz.“

„Doktor Henkel und Maurice Mauriac sind tot“, begann Urban.

An ihrem Körper zuckte kein Muskel.

„Wer sind diese Leute?“

Obwohl es nur eine Vermutung war, behandelte er es wie eine Tatsache.

„Ihre Partner im Titankartell, Contessa.“

„Die Doria-Industries befassen sich nicht mit exotischen Metallen“, stellte sie klar.

„Noch nicht“, erwiderte Urban. „Henkel und Mauriac wurden ermordet. Von wem, das wissen wir noch nicht. Wahrscheinlich von einer Gruppe, die Ihr Titan-Projekt mit Mißtrauen beobachtete. Wollen Sie das dritte Opfer sein, Madame?"

„Auf dem Gebiet der großindustriellen Titanverarbeitung", dozierte sie, „beginnen die Konkurrenzgruppen sich erst allmählich zu formieren."

„Im Westen", schränkte Urban ein.

„Der Osten ist eine andere Welt, Signore."

„Mag sein. Aber vergessen Sie nicht, daß Rußland erheblich mehr Titan exportiert. Angenommen, man würde diese Exporte abzuwürgen versuchen, würde die UdSSR Mittel und Wege finden, das zu verhindern."

„Ich mag die Russen", gestand die Contessa. „Die Russen sind meine Freunde. Von einem Russen erwarte ich sogar Heilung. Professor Lussowsky ist unterwegs zu mir, um mir wiederzuschenken, was die so berühmten Kapazitäten des Westens nicht zuwege brachten."

„Lussowsky ist ein großartiger Chirurg", räumte Urban ein, „aber Medizin ist das eine und Titan etwas anderes."

Sie lachte leise nach innen.

„Wenn Sie glauben, die Russen stecken hinter diesen Anschlägen, dann ist das pure Idiotie. Aber das wundert mich nicht. Von Politikern, von der Polizei und vom Geheimdienst kamen immer nur höchst lästige Ratschläge."

„Sie sollten in nächster Zeit trotzdem vorsichtig ..."

Jetzt schnitt sie ihm das Wort ab.

„Ich bin beinahe blind, Signore. Trotzdem weiß ich, wie ich mich zu verhalten habe. Und deshalb gehen Sie. Jetzt. Sofort."

„Madame, machen Sie, bitte, keinen Fehler."

„Bei Leuten, die ich nicht mag, bereitet mir jeder Fehler einen wahren Genuß.“

„Schade“, bedauerte er.

An der Bewegung der Badeinsel schien sie zu spüren, daß er sich entfernte.

„Noch etwas“, rief sie. „Ich sagte, Sie mißfallen mir. Ich will Ihnen sagen, warum, denn ich pflege stets fair zu sein. Sie haben ein Lachen um die Mundwinkel, das Verachtung Ihren Mitmenschen gegenüber ausdrückt. Die Gesichtszüge sind der Spiegel der Gedanken. Männer, die über Frauen so zu denken pflegen, die hasse ich.“

Er schwieg kurz, dann sagte er:

„Pardon, Madame, ein Geburtsfehler, ein irreparabler Muskelschaden. Der eine wurde lahm geboren, der andere schwerhörig, der dritte fast blind und ich eben mit diesem infamen Grinsen. Ich kann nichts dafür. Leben Sie wohl, Contessa.“

Er glitt von der Kante der Badeinsel in den Lago Maggiore und schwamm davon. – Aber geschlagen gab er sich noch lange nicht.

11.

Die Iljuschin IL-96 landete, von Moskau kommend, in Ostberlin.

An Bord des Düsenjets befanden sich mehrere prominente Genossen. Ein General der vierten Panzerarmee, ein ZK-Mitglied, eine Handvoll Angestellter des Diplomatischen Dienstes und der Augenchirurg Professor Mischa Lussowsky.

Wie stets wurde das Flugzeug in Berlin aufgetankt, ohne daß die Passagiere die Kabine verlassen mußten. Professor Lussowsky, der über Paris nach Mailand wollte, blieb also sitzen.

Die Zeit, bis der Tankwagen sein Kerosin in die Iljuschin gepumpt hatte, gedachte er mit einem Wodka-Tonic abzukürzen. Doch er kam nicht dazu.

Zwei Männer in graugrünen Trenchcoats eilten über die Gangway an Bord und sprachen mit der Chefstewardeß. Sie deutete auf den Fensterplatz in der vierten Reihe.

Während einer der Geheimpolizisten – um nichts anderes handelte es sich bei ihnen – am Schott Stellung bezog, näherte sich der zweite dem Chirurgen.

In akzentfreiem Russisch, wie es nur in der UdSSR Geborene sprachen, sagte er:

„Dürfen wir Sie bitten mitzukommen, Genosse Lussowsky."

Der Professor, der bei seinen vielen Auslandsreisen noch nie Schwierigkeiten gehabt hatte, wurde mißtrauisch.

„Wohin?"

„In das Flughafenbüro."

„Ich werde aber in Mailand erwartet, von einer sehr wichtigen Patientin."

„Bedaure, Genosse Professor, Order ist Order."

Der Chirurg zeigte sich renitent.

„Dann lassen Sie die Order mal sehen."

Der Mann im Regenmantel holte ein zerknittertes Fernschreiben auf rosa Papier aus seiner Tasche. Er hielt es Lussowsky hin und steckte es wieder ein.

Der Chirurg setzte seine Brille auf.

„Verzeihung, ich möchte es lesen."

„Es ist geheim."

„Es betrifft mich", protestierte Lussowsky. „Also kann es so geheim nicht sein."

Schließlich durfte er es lesen, und er entnahm dem Text, daß die KGB-Außenstelle in Berlin-Schönefeld angewiesen sei, Dr. Mischa Lussowsky an der Weiterreise in den Westen zu hindern.

„Und der Grund?“ fuhr der Professor den Agenten an.

„Sie sollen mit Moskau telefonieren. Äußerst dringend.“

Der Professor weigerte sich hartnäckig mitzukommen.

Schließlich holte der Agent seinen Kollegen zu Hilfe, und der sagte:

„An Ihrer Stelle würde ich jedes Aufsehen vermeiden, Lussowsky. Notfalls müssen wir Sie festnehmen und mit Gewalt ins Freie befördern. Das zieht dann aber eine Anzeige wegen Widerstandes gegen den Staat nach sich.“

Der Professor, erst wütend, bekam es nun mit der Angst zu tun. Es gab da ein Nummernkonto in der Schweiz. Auf ihm hatte er hohe Devisenbeträge aus falsch deklarierten Honorarabrechnungen versteckt. Und dies, obwohl er mit dem Finanzministerium eine klare Abmachung getroffen hatte, wonach er die Hälfte seiner Einnahmen in Devisen der sowjetischen Staatsbank zur Verfügung stellte. Mittlerweile ging es um sechsstellige Summen in Dollar, Franken und D-Mark.

Wenn sie dahintergekommen waren, dann konnte er künftig in Sibirien die grauen Stare von Verbrechern schneiden.

Beunruhigt nahm er seinen Handkoffer, den Mantel und den Hut.

Als er zwischen den Agenten die Gangway hinabging, wirkte er gelbgrau wie ein Hirsepfannkuchen.

Seitlich von dem Jet stand ein Dienstwagen. Sie schoben ihn hinein, fuhren aber nicht zum Flughafenbüro, sondern nach Karlshorst, wo noch immer die Russen residierten.

Dort wurde Lussowsky von allen Seiten fotografiert.

„Als ob es nicht zehntausend Aufnahmen von mir gäbe", äußerte er verärgert.

„Aber keine so aktuellen."

Dann mußte er sich bis zur vollständigen Nacktheit auskleiden. Sie ließen ihm nicht einmal die Ringe und sein goldenes Parteiabzeichen mit der Namensgravour auf der Rückseite. Er bekam einen grauen Anzug von der Stange, ein kariertes Hemd und Schuhe, neu, aber zwei Nummern zu groß.

Anschließend führten sie ihn in ein Appartement. Es sah aus wie ein Hotelzimmer der mittleren Kategorie mit WC und Dusche, aber das Fenster war vergittert. Wenn man an die Tür klopfte, merkte man, daß sie mit Eisenblech gefüttert war.

Wieder protestierte der prominente Arzt.

„Ich habe Freunde im Politbüro", rief er. „Hüten Sie sich vor meinem Zorn."

Ein Zivilist, offenbar ein höherer KGB-Dienstgrad, brachte ihm Zigaretten, Obst und Cognac und sagte:

„Es geht ausschließlich um eine Vorsichtsmaßnahme, Genosse Doktor."

„Vorsicht, gegen wen? Gegen mich? Gegen Sie? Gegen was?"

„Gegen Terroranschläge", wurde ihm eröffnet. „Wir besitzen Hinweise, daß sich arabische Terroristen im Westen Ihrer Person bemächtigen wollen, um die Regierung zu erpressen. Aber wir kriegen diese Burschen. Ihr Aufenthalt hier ist eine Art

Schutzhaft. Sie wird in einer Woche, spätestens in zehn Tagen beendet sein."

Prof. Lussowsky konnte so viel fragen, wie er wollte, mehr war nicht zu erfahren.

Daß sein Gepäck, seine komplette Kleidung, bereits per Kurier nach Italien unterwegs waren, konnte er ebenfalls nicht wissen.

*

Maborock rief immer dann an, wenn Silberman es nicht erwartete. Wartete er hingegen auf einen Anruf, kam er nicht.

Diesmal war es schon Mitternacht.

„Sie haben die Unterlagen?" fragte Maborock.

„Aber noch keinen konkreten Plan."

„Die Strategie übernehmen diesmal wir", verkündete Maborock ein wenig überheblich. „Es gibt nur einen einzigen Weg, um an Opfer Nummer drei heranzukommen."

Silberman reagierte gereizt wie eine Diva.

„Ich höre."

Eigentlich hatte er erwartet, daß Maborock ihm wegen der Sache in Lille Anerkennung aussprach. Als Artist war er applausgierig. Aber Maborock hatte bezahlt. Lob war von diesen Leuten nicht zu erwarten.

„Die Dame erwartet einen Augenarzt", erwähnte Maborock.

„Das erfuhr ich bereits."

„Wir holten ihn in Berlin aus dem Flugzeug. Seine Sachen sind unterwegs nach Mailand. Am besten Sie begeben sich sofort nach Italien. Wann können Sie dort sein?"

„Morgen mittag."

„Man erwartet Sie.“

Silberman bekam eine Adresse.

„Und wie stellt man sich das im Einzelnen vor?“ wollte er wissen.

„Sie machen Maske und spielen für vierundzwanzig Stunden den Augenarzt Lussowsky.“

„Wie sieht Lussowsky aus?“

„Anders, aber man kennt ihn dort nicht. Wir haben einen Maskenbildner vom Theater besorgt, einen wahren Zauberer.“

„Ich verstehe einiges vom Maskemachen“, erinnerte Silberman. „Die wesentlichen Merkmale von Original und Kopie müssen übereinstimmen. Wenn der Chirurg zwei Meter mißt, kann ich nur passen.“

„Er ist einsfünfundsechzig groß.“

„Ich bin über einsachtzig.“

„Sie bekommen flaches Schuhwerk, gehen gebückt, und niemand bemerkt etwas.“

„Einschränkungen dieser Art erhöhen die Schwierigkeit.“

„Silberman“, beschwor der Anrufer ihn. „Die schwierigen Sachen sind immer die einfachsten. Wenn etwas leicht scheint, hat es meist Haken, aber keine Ösen.“

„Das behauptet man so locker hin.“

„Es ist meine Erfahrung.“

„Gefällt mir nicht, die Sache. Falls eine private Meinung erlaubt ist.“

Nun wurde Maborock massiv.

„Wir haben einen Kontrakt für drei Operationen. Dies ist die letzte. Wir halten uns an den Vertrag, tun Sie es gefälligst auch. Eine bessere Vorbereitung des Terrains ist kaum denkbar. Sie marschieren an, führen Ihren Job durch und hauen ab.“

„Das Problem liegt im Rückzug.“

„Nach dem Coup ist er nur mit dem Boot möglich.“

„Richtig. Die Uferstraße kann leicht gesperrt werden. Und es wimmelt nur so von Leibwächtern.“

„Versuchen Sie das Vertrauen der Contessa zu gewinnen.“

„Überlassen Sie das mir, bitte.“

„Sie sind Arzt, ein weltberühmter Spezialist. Sie ist nahezu blind und sucht Hilfe bei Ihnen. Sie sind ihre letzte Hoffnung. Das bietet Ihnen alle nur denkbaren Möglichkeiten. Bei der Untersuchung sind Sie mit ihr allein. Geben Sie ihr eine tödliche Injektion.“

„Bitte keine unqualifizierten Ratschläge“, bat Silberman, „Gift ist nicht mein Stil.“

„Machen Sie es, wie Sie wollen“, erwiderte Maborock. „Aber legen Sie sie um. Das war's.“

„Es ist mein Tanz“, sagte Silberman, „nicht Ihrer.“

„Okay, dann tanzen Sie. Aber zum Tanzen braucht man Musik. Und die Musik wird von uns gespielt, vergessen Sie das nicht. Also stolpern Sie nicht über die eigenen Füße.“

„Und fallen Sie nicht aus dem Rhythmus mit Ihrer Kapelle“, entgegnete Silberman.

Wenig später buchte er den Flug nach Mailand.

*

Vier Stunden brauchte der Maskenbildner, um aus einem glatzköpfigen Riesen einen grauhaarigen Intellektuellen mit Bart zu formen und ihn optisch auf mittlere Größe zu reduzieren.

Dann fuhr Silberman zum Lago Maggiore hinauf. Er mietete auf der Westseite ein Hotelzimmer und rief die Nummer an, die in Lussowskys Notizbuch unter D stand.

Es handelte sich um einen Geheimanschluß des Palazzo Doria.

Da er in seinen Artistenjahren quer durch Europa gezogen war, führte er sich bei der Contessa auf italienisch ein, bat aber, englisch weitersprechen zu dürfen.

„Wann kann ich Sie sehen, Professor?“ fragte sie. „Ich bin ungeduldig.“

„Ich stehe zu Ihrer Verfügung. Ab sofort, Gnädigste.“

„Wo findet Sie mein Chauffeur?“

Er nannte das Hotel und den Ort.

„Laveno“, rief sie entzückt. „Das liegt auf der anderen Seite. Fast gegenüber von meinem Haus. Ich schicke Ihnen mein Boot.“

„Das Hotel hat einen Anleger, Contessa.“

„Ist es um siebzehn Uhr recht?“

„Jederzeit.“

„Bleiben Sie zum Abendessen?“

„Machen wir es von der Dauer der Untersuchung abhängig“, öffnete sich Silberman ein Schlupfloch.

„Bis dann. Ich freue mich, Sie zu sehen. Ich bin sehr aufgeregt, Professor.“

Er gab seiner Stimme einen sanften Priesterklang.

„Bleiben Sie ruhig, Gnädigste. Ich glaube, ich habe schon schwierigere Fälle als den Ihren erfolgreich behandelt.“

Das Riva-Boot kam auf die Minute pünktlich herüber.

Silberman ging während der Überfahrt in die kleine Kabine, um zu vermeiden, daß der Fahrtwind Unordnung in Bart und Perücke brachte. Er hatte

Lussowskys Arztkoffer dabei. Und im Koffer für jeden Fall seine Pistole.

Das Boot brauchte für die sechs Kilometer nur knapp zehn Minuten. Am Anleger des Palazzo stand eine weibliche Gestalt in einem weißen Sommerkleid, schlank, groß, mit der vornehmen Ausstrahlung italienischer Adliger.

Die Bootsleute halfen ihm an Land. Als er der Contessa die Hand reichte, umarmte sie ihn und küßte ihn spontan auf die Wangen.

„Sie sind meine einzige Hoffnung. Sie sind mein Retter."

„Nichts wünsche ich mir mehr als dies", gestand er.

Sie spazierten durch den subtropischen Park hinauf zum Palazzo, dessen Architektur Silberman ebenso überwältigte wie die Schönheit dieser Frau.

Im Salon wurde ein Aperitif gereicht. Silberman lehnte ab.

„Vielleicht später", sagte er. „Zwar ist die Untersuchung nur Routine, aber die Entscheidung, die ich fällen muß, ist äußerst schwierig. Sie erfordert die Konzentration aller meiner Erfahrungen. Selbst ein Tropfen Alkohol wäre in der Lage, sie zu beeinträchtigen."

Für die Untersuchung war gemäß Dr. Lussowskys telefonisch geäußerten Wünschen ein Raum mit Nordlicht vorbereitet worden.

Julia Doria mußte sich auf der weißbezogenen Couch flach hinlegen. Silberman, alias Prof. Lussowsky, baute über ihrem Kopf ein Gestell auf, das er aus seinem Arztkoffer genommen hatte. Es glich einem Mikroskop auf vier in der Höhe verstellbaren Chromstelzen.

Durch die Vergrößerung prüfte er die Augen der

Patientin, Hornhaut, Linsen, Iris, Augenhintergrund. Dabei waren sie nicht allein. An der Tür stand ein Body-guard im hellblauen Sommeranzug, ein breitschulteriges Muskelpaket. Stumm und bewegungslos beobachtete er jeden Handgriff des Arztes.

Mitten in der Untersuchung seufzte Lussowsky: „Er stört mich."

„Mein Sicherheitschef", erklärte die Patientin, „forderte es."

„Kann er nicht rausgehen? Ich fühle mich irritiert", äußerte der falsche Arzt.

„Warten Sie draußen", befahl die Patientin dem Leibwächter.

Daraufhin verließ er seinen Posten und schloß die Tür lautlos hinter sich.

„Danke." Lussowsky träufelte etwas in die Augen von Julia Doria. Sie fragte nicht, was es war. Sie hatte schon Hunderte von Untersuchungen über sich ergehen lassen. Es konnte sich nur um ein Mittel zur Vergrößerung der Pupillen handeln.

Die erste Untersuchung dauerte etwa zwanzig Minuten. Silberman hatte in einem Lehrbuch der Augenheilkunde nachgelesen, was er zu tun hatte. Eine Diagnose war ihm als Laien nicht möglich, auch wenn die Patientin sie ungeduldig erwartete.

„Nun, Doktor?"

„Alles braucht seine Zeit, Contessa."

„Können Sie etwas tun?"

„Dazu sind weitere Untersuchungen nötig. Und dann muß ich darüber nachdenken, Contessa."

„Werden Sie operieren?"

„Vielleicht."

„Mit Laser?"

„Nein, Ihre Netzhaut ist ja intakt."

„Also doch nur eine starke Trübung der Linse. Ihr Kollege Manzini behauptet, es sei ein tetanischer Star."

„Gab er Ihnen Parathormon?"

„Ja, als Ersatz für das Hormon der Nebenschilddrüse."

„Hätte er sich sparen können", erklärte Silberman. „Ich halte es für einen angeborenen Katarakt oder erblichen Schichtstar. Seit wann sind Sie behindert?"

„Ich erinnere mich kaum, nur daß ich zu Beginn meines Lebens – es liegt lange zurück – einmal sehen konnte. Ich fürchte, ich war nicht älter als ein Jahr."

Silberman versuchte, Zeit zu gewinnen.

„Ohne Operation wird man kaum definieren können, ob nicht doch ein Schaden am Sehnerv vorliegt."

Sie tastete nach seiner Hand und atmete tief.

„Wann, Professor?"

„Morgen, übermorgen", vertröstete er sie. „Ich muß Sie noch eine Weile beobachten."

Er erklärte ihr, daß er hoffe, durch Beobachtung ihrer Bewegungsabläufe, beim Essen, bei der Arbeit, beim Gehen, in der Lage sei, gewisse Schlüsse zu ziehen.

An diesem Tag blieb er zum Abendessen und versprach, am nächsten Tag wiederzukommen.

Drüben in seinem Hotel auf der anderen Seeseite, war Silberman eines klar: Mit einer tödlichen Morphiuminjektion war nichts zu machen. Die Leibwächter würden ihn nicht aus dem Palazzo lassen, solange die Contessa in Narkose lag.

Er mußte anders vorgehen.

Sehr früh am Morgen brachte eines der Riva-Boote Professor Lussowsky von Laveno auf die Stresa-Seite. Sie war von der aufgehenden Sonne in goldenes Frühlicht getaucht.

Aber im Norden braute sich ein Unwetter zusammen.

„Die Contessa erwartet Sie im Pavillon", richtete der Bootsführer aus und deutete nach oben, wo das weiße filigrane Teehaus durch die Palmen schimmerte.

Den Koffer links, schlenderte Silberman hinauf.

Aus dem Pavillon trat, schön und strahlend wie eine Braut, die Contessa.

Silberman schaute sich um. Nirgendwo war ein Mensch zu sehen. Die Contessa hatte seine Abneigung gegen Leibwächter offenbar nicht vergessen.

In diesem Moment begann er, sie zu fokussieren. Wie bei einem Film, der im Projektor hängenblieb, erstarrte sie für ihn und war nur noch Objekt.

Sie winkte ihm. Er winkte zurück. Und während er seine Hand sinken ließ, glitt sie unter dem Revers in die linke Sakkoseite.

Er spürte die rauhen Griffschalen der Pistole. In einer hohen bogenförmigen Bewegung, damit der lange Lauf und der Schalldämpfer nicht am Futter hakten, zog er sie heraus. Seelenruhig, fast in Zeitlupe, legte er an, visierte die Mitte ihrer Stirn, entsicherte und zog ab.

Noch während der Schuß hinausfauchte, wußte der erfahrene Meisterschütze, daß die Kugel ihr Ziel verfehlen würde. Nicht nur ein Geräusch im Jasminstrauch hatte ihn irritiert, sondern auch ein sich pantherhaft bewegender Schatten.

Nein, es war nicht allein der Schatten, es war die Wucht des Körpers eines Mannes, der diesen Schatten warf, als er sich auf ihn stürzte.

Noch während des Zusammenpralls, als er schon aus der Balance geriet und stürzte, schoß Silberman ein zweites Mal. Zugleich vernahm er einen Schrei, den einer Frau. Er sah wie Julia Doria langsam zu Boden sank.

Schon aber kippte das Bild. Er fühlte einen fürchterlichen Prankenhieb. Statt ihn zu lähmen, elektrisierte ihn jedoch der Treffer.

Schlag ihn tot, durchfuhr es Silberman, oder er tut es.

Er sah den ungeschützten Nacken des Mannes, der auf ihm lag, und hämmerte ihm die Waffe mit dem knüppeldicken Schalldämpfer gegen die Schläfe.

Das unterbrach den Griff des Gegners für Sekunden. Silberman wälzte sich unter ihm hervor, packte seinen Koffer, zerrte im Davonrennen die Maschinenpistole heraus und schoß wild um sich.

Bis zum Ufer hatte er vierzig Meter. Zehn Sekunden für einen trainierten Mann.

Mit der Maschinenpistole wie ein Schnitter mähend, registrierte Silberman im Augenwinkel, wie der Bootsführer, einen Hechtsprung vollführend, im See Schutz suchte. Warnrufe drangen an sein Ohr und das Bellen von Handfeuerwaffen.

Schon war er am Steg. Er sprang ins Boot, riß die Leine vom Poller, schoß, startete den Motor, schoß wieder. Rückwärts fuhr er hinaus, wendete, schoß erneut und jagte mit Vollgas über den See davon.

Die Leibwache von Julia Dora folgte ihm im

zweiten Boot. Leider war es weniger schnell. Es hatte nur 240 PS und keine Turbos.

So kam es, daß der Killer ihnen in den Dunstfetzen einer Regenwolke entwischte.

*

Der BND-Agent Robert Urban war bis auf eine Schramme unverletzt geblieben. Er kümmerte sich um die Contessa. – Sie hatte einen Schock erlitten.

Er trug sie hinauf in den Palazzo. Er trug sie bis in ihr Schlafzimmer. Sie war nicht schwer.

„Was ist geschehen?“ fragte sie immer wieder.

„Lussowsky war der Killer“, antwortete Urban.

„Welcher Killer?“

„Vor dem ich Sie warnte.“

Sie hatte die Augen geschlossen.

„Und der Professor?“

„Sie müssen ihn irgendwo zwischen Moskau und Mailand gegen diese Mordmaschine vertauscht haben. Vermutlich noch auf Ostblockgebiet.“

Sie bewegte die Lippen erst tonlos, dann leise sprechend.

„Bedeutet das, daß es sich um ein offizielles Unternehmen der Russen handelt?“

„Schon möglich.“

Die Kammerzofe stand mit Tee und Medikamenten auf einem Tablett in der Tür.

„Rufen Sie den Arzt“, bat Urban. „Den echten, bitte.“

„Nein, es geht auch so“, entschied Julia Doria und schickte das Mädchen hinaus.

Als sie die Tür schnappen hörte, fragte sie:

„Wie war es möglich, daß Sie zur Stelle sein konnten?“

„Ich gebe nie auf, Madame, ehe ein Fall abgeschlossen ist.“

„Ich bin also ein Fall.“

„Nun, zweifellos ist es ein Auftrag, der mich zu Ihnen führte.“

„Aber wie war es Ihnen möglich, sich in meinem Park aufzuhalten, ohne daß das Sicherheitspersonal Sie entdeckte?“

„Ganz einfach. Durch eine Absprache mit Ihrem Chef der Leibwache.“

„Die Internationale der Polizisten“, spottete sie. „Und wie kam es, daß Sie im richtigen Augenblick an der richtigen Stelle im Gebüsch saßen?“

„Seit gestern“, berichtete Urban, „als der Professor Sie verließ und ich ihn zum ersten Mal sah, da wußte ich, daß er nicht Lussowsky sein konnte. Der Professor ist fast einen Kopf kleiner. Außerdem bin ich dem Killer schon einmal begegnet. Er wird es morgen früh versuchen, dachte ich. Und so kam es auch.“

„Wer ist dieser Mann?“

Urban zögerte mit der Antwort. Er wußte es nicht genau.

„Er ist groß, kräftig und äußerst behende. Er schießt hervorragend, allerdings mit Bewegungen, wie sie Artisten an sich haben. Wie er seine Aufträge durchführt, das hat die Logik eines Schachspielers. Außerdem hat er einen Kahlkopf. Er verlor unterwegs die Perücke.“

„Es klingt zu phantastisch“, staunte sie. „Nun erfüllt es Sie mit Triumph, daß Sie mit Ihren Befürchtungen recht hatten.“

Er lächelte, und sie tastete sein Gesicht ab.

„Warum lachen Sie?“

„Lügen, Intrigen, Tricks, Täuschungen und Verrat sind alles Agentenlisten, denen man Beifall zollt, wenn sie glücken, Signora."

„Sie sind geglückt. Und ich danke Ihnen."

„Und ich verzeihe Ihnen", erklärte Urban.

Sie war eine stolze Frau. Mit Augen, dunkel und tot und fast ein wenig grausam. Das Haar trug sie heute glatt wie einen schwarzen Helm.

Sie richtete sich auf.

„Was", fragte sie, „wollen Sie mir verzeihen?"

Er antwortete nicht, sondern ging ans Fenster und zündete sich eine MC an.

Sie trat ganz nahe zu ihm und berührte ihn, als versuche sie, mit den Händen seine Gedanken zu erraten. Ihre Hände glitten unter den Glenchek-sakko über die Seide seines Hemdes über seine Brust, dann zur Seite, hinab zu seinen Hüften bis zum Rücken. Es war, als wolle sie ihn umarmen.

Und es war wirklich so. Sie umarmte ihn und preßte sich an ihn.

„Für dich", flüsterte sie erregt, „bin ich vielleicht nur eine Blume von gestern."

„Aber eine, die immerwährend blüht."

Sie suchte seinen Mund und fand ihn. Ihr Kuß war wie ein unausgesprochener Wunsch.

Die Berührung ihres Körpers wirkte auf ihn wie eine glühende Säge, die durch jeden Eisblock ging. Doch mit einem Mal stieß sie ihn zurück.

„Madonna, ich muß wahnsinnig sein."

„Warum?"

„Erst dem Tod nahe und jetzt dies."

„Eine ganz natürliche Reaktion, Julia."

„Wir kennen uns kaum."

„Gefühle fragen nicht danach."

„Wollust, Sinnlichkeit, was sind das für Gefühle."

„Die schönsten“, sagte er.

Sie atmete heftig.

„Zum Teufel, du hast recht.“

Julia Doria knöpfte die Bluse mit der kostbaren Applikation auf und schleuderte sie quer durch den Raum.

„Wie heißt du eigentlich?“

„Nur Roberto.“

Mit fliegenden Fingern tastete sie zum Reißverschluß, zog ihn herab und streifte den Rock nach unten über den Po. Jetzt stand sie da in Strümpfen, Höschen und BH. Alles in schwarzer Seide mit Spitzen.

Es schien ihr unsäglichen Genuß zu bereiten, als sie den BH öffnete und wegwarf und das Höschen an den Schenkeln hinabgleiten ließ. Zuletzt streifte sie auch den Brillantring ab.

„Ich möchte ganz nackt sein“, flüsterte sie.

Und dann war sie keine Contessa mehr. Sie war so erregt, daß sie darauf verzichtete, es im Bett haben zu wollen. Sie machten es im Stehen, im Sessel, am Boden und dann erst in dem schweren vergoldeten Barockbett unter dem Gobelin eines Doria in stählerner Rüstung.

Später ließ sie Spumante und Kaviar bringen. Sie nahmen den Imbiß auf der Terrasse.

Obwohl sie nichts sehen konnte, blickte sie zum Himmel.

„Es wird regnen“, befürchtete Urban.

„Nein, an Tagen der Liebe regnet es nicht bei uns“, antwortete sie beglückt.

Aber bald zog ein Gewitter über die Halbinsel. Es blitzte, donnerte und regnete fürchterlich.

Wieder im Bett, zog Julia Doria das Laken über sie beide und flüsterte:

„Wir sind zwei Behinderte. Mit Herzschaden."

„Kein Wunder", antwortete Urban, „wenn es so weitergeht."

12.

In Washington tagte die Titankonferenz. Genaugenommen war es ein Kriegsrat, abgehalten wie unter Industriehäuptlingen.

Auf der Tagesordnung stand nur ein Punkt.

„Titan, Gentlemen", begann der Wirtschaftsexperte der CIA. „Titan, Zeichen TI, chemisches Element der Nebengruppe römisch vier, OZ-22, Atomgewicht 47,90. In reiner Form silberweißes, gut schmelz- und walzbares Metall von bester Korrosionsbeständigkeit."

Er zählte auf, wie vielen Säuren es Widerstand leistete, welchen wenigen nicht und daß es in den Mineralen Anatas, Brookit, Rutil, Ilmenit und Titanit vorkam. Er erwähnte die komplizierte Form der Gewinnung, den weiten Weg bis zur Herstellung von Titanstahl und titanhaltigen Hartmetallen. Als er anfing aufzuzählen, wozu es benötigt wurde und warum es als strategisch wichtiges Metall immer mehr an Bedeutung gewann, begann ein Teil der Anwesenden zu gähnen. Ehe sie einzuschlafen drohten, sagte der CIA-Direktor:

„Das wissen wir doch alle. Das konnten wir Ihren Aufzeichnungen entnehmen."

„Was gibt es Neues?" wollte ein anderer wissen.

„Verzeihung, Gentlemen, wenn ich Sie gelangweilt habe", bemerkte der Referent süffisant. „Nun zu den Tagesereignissen."

Wie es aussah, hielt der amerikanische Geheimdient durch die Vorgänge in Österreich, Lille und am Lago Maggiore das geplante Titankartell für zerschlagen.

„Daß uns die drei durch den Aufbau eines Weltmonopols gefährlich werden könnten, ist nicht mehr zu befürchten", fuhr der Referent fort. „Die Situation wird bleiben wie gehabt, also ein Status quo."

„Aber", wandte der CIA-Chef ein, der seinen Hauptabteilungsleiter gut kannte, vor allem aber die Eleganz, mit der er Wissenslücken übersprang. „Aber . . ."

„Das geplante Kartell, Gentlemen, konnte nicht allein durch die industrielle Konzentration verwirklicht werden. Andere Gruppen sind auch stark."

„Aber?" fragte der CIA-Direktor zum dritten Mal.

Jetzt ließ der Referent die Katze aus dem Sack.

„Es ist zu befürchten", äußerte er vorsichtig, „daß etwas gelang, worauf das Kartell seine Pläne stützte. – Nun, was ist dieses Etwas? Es hat mit dem Franzosen Maurice Mauriac zu tun. Er ist auf dem Gebiet der Metallurgie eine Weltkoryphäe gewesen."

„Ja, und weiter?" tönte es in der Runde.

„Möglicherweise, sogar wahrscheinlich, ich würde sagen mit an Sicherheit grenzender Wahrscheinlichkeit, hat dieser Monsieur MM ein neues Verfahren entwickelt, das den Weg vom Titanit zur Turbinenschaufel für Düsentriebwerke oder zum Raketenmotor um Potenzen verkürzt, vereinfacht, verbilligt. Der deutsche Unternehmer Dr. Henkel packte nie eine Sache an, ohne enorme wirtschaftliche Vorteile darin zu sehen."

„Ohne ein neues Verfahren also."

„Eine neue Formel", brachte es der Direktor auf den kleinsten Nenner.

„Das meinte ich, Gentlemen."

Die Konferenz dauerte bis zum Abend.

Einer der Diskussionspunkte war, ob es eine solche neue Titanformel gab, wer sie hatte, wo man sie fand und wie man sie in die Hände bekam. Denn die USA fühlte sich immer noch berufen, die Welt technologisch anzuführen.

Der Vizedirektor entwickelte vor den staunenden Zuhörern seinen Plan. Sie folgten seinen Ausführungen mit Interesse, genehmigten seine Vorschläge allerdings nicht ohne Bedenken. Aber letztendlich sahen sie keine andere Möglichkeit, jedweden Vorsprung anderer Industrienationen zu verhindern.

*

Der CIA-Agent Jimmy P. Walton wurde mit der Organisation beauftragt.

Er suchte sich erstklassige Mitarbeiter, die bereits in Europa tätig waren, und delegierte sie nach Düsseldorf, Lille und nach Mailand.

Bei ihren Ermittlungen bedienten sich diese Agenten anerkannter Experten der Unterwelt.

Die besten Fachleute auf dem Gebiet der Tresoröffnung wurden angesetzt, die Firmensafes der deutschen Hartmetall A.G. im Ruhrgebiet, den Safe von Dr. Maurice Mauriac in dessen Villa in Lille und den Panzerschrank von Doria Industries in Mailand zu knacken.

Von allen Akten mit geheimem Charakter, mit dem Aussehen von Forschungsmaterial oder solchen, die auch nur in Abkürzungen den Begriff

Titan führten, sollten Fotografien hergestellt werden.

Obwohl Jimmy P. Walton ungeheuren Druck machte, nahm das Ganze einige Zeit in Anspruch. Immer wieder trieb er seine Leute in Europa an.

„Die Deutschen sind hinter der Sache her, und die Japaner", drängte er. „Von den Russen ganz zu schweigen. Es geht um Zukunftstechnik. Da sind Milliarden im Spiel. Also bewegt euch, tut was ihr könnt. Wer mir das Ergebnis bringt, der hat für den Rest seines Lebens ausgesorgt."

In den heißen Nächten der letzten Augustwoche wurden reihenweise Alarmanlagen in Bürohochhäusern außer Betrieb gesetzt und Safes geöffnet. Sei es auf elegantem Weg, indem man die Codes der Schließwerke elektronisch knackte oder mit Diamantsäge und Akrasit, wie in Lille zum Beispiel.

Die Safeknacker wurden auf die übliche Weise honoriert. Mit einem Festbetrag und mit Erfolgsprämien, die man ihnen in Aussicht stellte.

In keinem Fall wurde die Prämie ausbezahlt. Zwar erbrachten die Einbrüche eine Menge Fotos von Geheimakten, insgesamt mehrere hundert, aber die Analyse ergab, daß nicht ein Blatt davon mit dem neuen Titan-Verfahren zu tun hatte.

Nachdem Walton das Material ausgewertet hatte und keine Aussicht bestand, daß noch weiteres hinzukam, flog er nach Washington und erstattete im CIA-Hauptquartier Bericht. Er war relativ kurz.

Zusammengefaßt konnte man ihn in wenigen Sätzen unterbringen.

„Wir fanden also keinerlei Hinweise", sagte Walton abschließend. „Wenn es wirklich ein neues Titan-Verfahren gibt, dann ist es auf eine Weise protokolliert, vermutlich auf Mikrofilm, zu der wir keinen Zugang haben."

„Wir müssen es aber finden und wenn es Millionen kostet", forderte der CIA-Chef.

„Vielleicht weiß der BND mehr", äußerte Walton.

„Das wäre die unangenehmste aller denkbaren Möglichkeiten", erklärte der CIA-Direktor. Dabei drückte er sich noch vorsichtig aus.

Seine schlimmsten Befürchtungen waren bereits Wirklichkeit. Längst hatte der BND von den Bemühungen der CIA, sich das neue Titanverfahren anzueignen, erfahren.

13.

Zu der Zeit, als in Washington die Titan-Konferenz tagte, trafen sich bei der Ostimpex in Zürich die vier von Anfang an an der Operation beteiligten Männer.

Maborock schätzte die Lage anders ein, als die CIA. Er sah das Hauptproblem nicht in einer Formel, sondern in einer Person.

„Das Kartell ist zerschlagen", erklärte er, „auch wenn Silberman diesmal versagte."

„Sind Sie sicher, Genosse?" bezweifelte der Ostimpex-Direktor diese Beurteilung.

„Von der Titanium-Bande ist nur noch eine blinde, ziemlich geschockte Frau übrig. Sie führt einen Weltkonzern mit Gewinnen in dreistelliger Dollarmillionenhöhe. Sie wird sich hüten, ihre Geschäfte und ihr Leben weiter aufs Spiel zu setzen."

„Frauen sind meist hartnäckiger als Männer."

„Ja, beim Verfolgen von Dingen, die mit Gefühlen

und Emotionen zu tun haben", betonte Maborock und wandte sich nun an die Agenten: „Und Ihre Meinung, Genosse Mlinek, Genosse Ukow?"

Die Angesprochenen waren erfahrene Praktiker.

„Silberman konnte der Doria-Leibwache entwischen", stellte Ukow fest.

„Genaugenommen", sagte Mlinek, „hat er den Auftrag erledigt, auch ohne das Objekt zu töten. Er hat es paralysiert."

„Hat die Contessa die Polizei verständigt?"

„Unnötig, solange Mister Dynamit sich in ihrer Nähe herumtreibt."

Alleine die Erwähnung dieses Namens löste allgemeines Unbehagen aus.

„Er weiß zuviel."

„Bald wird er alles wissen."

„Wenn er dahinterkommt, daß die Ostimpex damit zu tun hat, dann gibt es Ärger", befürchtete der Manager.

„Wenn er erst Beweise hat, daß der KGB mitmischte, ja, daß alles von ihm ausging, dann wird der Ärger grenzenlos sein. Dann greifen es die westlichen Medien auf und stellen uns mit Terroristen auf eine Stufe."

„Was zu verhindern wäre", riet Ukow.

Man kam zu dem Ergebnis, daß die Bildung des Kartells zwar unterbunden worden sei, die Tätigkeit des KGB jedoch wenn sie bekannt werden würde, das Ansehen der UdSSR und damit das Vertrauen, das man ihr neuerdings entgegenbrachte, auf höchste Weise schädigen würde.

„Und das muß man verhindern", stimmte der Manager Ukows Forderung bei.

„Es gibt nur einen, der den Durchblick hat."

„Ja, dieser höchst unangenehme Mister-Dynamit-Bastard."

„Er muß stumm gemacht werden."

Maborock blickte die zwei Agenten an.

„Wer übernimmt das?"

Mlinek hob beschwörend beide Hände.

„Wegen des damit verbundenen Risikos, keiner von uns. Wir sind nicht als Liquidatoren ausgebildet, so etwas müssen andere erledigen."

„Fordern wir sie aus Moskau an."

Ukow, der die Verhältnisse im KGB gut kannte, winkte ab.

„Um das zu übernehmen, wird sich in der Zentrale niemand bereitfinden."

„Aber Mister Dynamit muß weg."

Das war jedem klar. Sie überlegten nur noch, auf welche Weise.

„Es ist eine Conditio sine qua non", brachte der Manager seine Lateinkenntnisse an den Mann. „Ohne diese Maßnahme können wir nicht mehr ruhig schlafen."

Er holte eine Flasche Wodka aus seinem Schreibtisch, öffnete sie und goß vier Gläser voll. – Im Frühstadium war Wodka stets anregend.

Sie tranken und kamen rasch zu einem Ergebnis.

Es ließ sich in einem Begriff ausdrücken, in einem Namen.

„Silberman", sagte Maborock.

„Er muß es erledigen. Er ist kein Russe, kein KGB-Agent."

„Er wird ablehnen."

„Für Geld bekommt man alles."

Sie diskutierten darüber, was sie ihm bieten könnten.

Als das feststand, erkläre Maborock, daß er sich noch mit Silberman in Verbindung setzen wolle.

*

Es war das letzte Gespräch, das Maborock mit dem Killer führte. Die Nummer hatte er mit einer Ansichtskarte über *postlagernd Zürich* erhalten. Die Karte zeigte vorn einen Tiger im Käfig, hinten stand die Nummer. Sonst nichts.

„Sie sind durchgekommen", sagte Maborock, als er Silberman am Draht hatte.

„Wie Sie sehen."

„Sie halten sich noch in Italien auf."

„Ich ziehe so herum. Mein Aufenthaltsort wird Sie kaum interessieren."

„Nun, ich will Ihre genaue Adresse gar nicht. Kein Erfolg, kein Honorar."

„Sie schulden mir nichts", stellte Silberman klar. „Wir sind quitt."

„Das Objekt Nummer drei lebt", erlaubte Maborock sich einen stillen Vorwurf.

„Der Zwischenfall im Park wird der Contessa eine Lehre sein", bemerkte Silberman. „Sie wird sich verhalten, als hätte ich sie erwischt."

„Aber sie lebt. Kontrakt ist Kontrakt."

„Unser Kontrakt ist beendet, Sir."

Maborock hatte das Gefühl, daß Silberman zufrieden war und aussteigen wollte. Binnen weniger Wochen hatte er seine finanzielle Situation grundlegend verbessert. Einschließlich der Vorkasse für Objekt drei hatte er rund zweihundertfünfzigtausend Dollar kassiert. So viel hatte er nie zuvor im Leben besessen. Maborock, der aber noch etwas von ihm wollte, wußte nicht, wie er ihn dazu bringen könnte.

„Kommen wir noch einmal ins Geschäft?" fragte er vorsichtig.

„Nach diesem Fehlschlag wohl kaum."

„Es steht zwei zu eins, Silberman. Sie könnten ein drei zu null erreichen."

„Ich steige aus. Seitdem dieser Mister Dynamit mitmischt, habe ich schlechte Karten."

„Silberman!" Maborock gab seiner Stimme ein beschwörendes Timbre. „Ich verdopple."

„Was verdoppeln Sie?"

„Vierhunderttausend Dollar, wenn Sie noch einmal für mich tätig werden. Vorkasse ein Drittel."

Für Silberman stellte das eine ungeheure Summe dar. Dafür konnte er sich einen eigenen Zirkus kaufen, falls er das wollte. Er zögerte, entschied dann aber hart und klar:

„No, Sir."

„Silberman, fünfhunderttausend", steigerte der Anrufer.

„Nicht, solange es diesen deutschen Agenten gibt."

Nun ließ Maborock die Katze aus dem Sack.

„Danach wird es ihn nicht mehr geben."

Silberman brauchte nur Sekunden, um zu begreifen.

„Sie meinen ich . . . ich soll diesen Gegner . . .?"

„Er ist auch nur ein Mann wie jeder andere."

„Ein bißchen anders als andere", erwiderte Silberman. „No, Sir – no, Signore – non, Monsieur."

Maborock beschwor ihn und zog alle Register seiner Überredungskunst. Er räumte ein, daß Mister Dynamit gut sei, aber Silberman besser wäre, schlauer und schneller. Daß er noch jung sei, erwähnte er, noch ein langes Leben vor sich habe und daß eine halbe Million Dollar das richtig große Geld sei. Da Silberman stur bei seiner Absage blieb, wurde Maborock böse.

„Silberman", warnte er. „Wir könnten einen Tip an Interpol geben. Sie werden noch immer gesucht. Dann kämen zu einem fragwürdigen Delikt zwei ziemlich handfeste dazu. Auf Mord steht lebenslänglich."

„Wer will das beweisen."

„Wir vielleicht."

„Dann lasse ich Sie ebenfalls auffliegen."

Darüber lachte Maborock nur höhnisch.

„Ich heiße gar nicht Maborock. Für wen ich arbeite, haben Sie nie erfahren. Mich beeindruckt Ihre Drohung nicht. Sie haben kein As im Ärmel, bestenfalls eine falsche Karte, Silberman. – Nun, wie sieht es aus? Eine halbe Million Dollar ... oder?"

„Ich denke darüber nach", versuchte Silberman auszuweichen.

„Nein. Sie entscheiden sich jetzt", forderte Maborock.

Es dauerte eine Minute. Er hörte Silbermans Atem immer heftiger gehen. Endlich antwortete er:

„Nun gut. Dies eine Mal noch."

„Objekt Nummer vier heißt Mister Dynamit."

„Ich habe verstanden."

„Sie erhalten von uns Informationen, wo er sich aufhält. Suchen Sie sich die beste Gelegenheit aus."

„Aber bitte keine ausgearbeiteten Pläne mehr wie am Lago Maggiore. Es ging schief, weil ich mich an Ihr sogenanntes Strategiepapier hielt."

„Diesmal können Sie frei operieren. Wo erreiche ich Sie?"

„Ich bin so gut wie untergetaucht."

„Was nützt es mir, wenn Sie in einem Versteck sitzen und ich Sie nicht informieren kann."

„Es ist das beste Versteck überhaupt", prahlte Silberman. „Ich kann es überall mitführen, wie eine Schnecke ihr Haus. Ich telegraphiere Ihnen jeweils die Nummer, unter der man mich erreichen kann."

„Reichlich unpraktisch."

„Aber gut für meine Sicherheit." Damit hängte Silberman auf. Er beendete das Gespräch von sich aus.

Maborock schloß daraus, daß Silberman seine Position sehr hoch einschätzte.

Er nahm die Lupe und versuchte, den Poststempel der Ansichtskarte zu entziffern. Sie war in einem Nest in der Po-Ebene aufgegeben worden.

Sofort verständigte er Ukow und Mlinek und erteilte ihnen präzise Orders.

14.

Mit neiderweckender Gesichtsbräune betrat Agent Nummer 18, Robert Urban, die Operationsabteilung.

Statt seines in Londons Saville Row maßgeschneiderten Sakkos trug er einen von den superleichten lockeren Armani-Glenchecks und ausnahmsweise eine weiße Hose.

„Sind Sie in die Bleiche gefallen?" fragte Oberst Sebastian ironisch.

„Es ist Sommer im Kalender, Großmeister."

Urban, einer der letzten Raucher hier oben, steckte sich eine MC an und pflanzte sich in das alte rindslederne Sofa.

Tausende von Besuchern hatten es zwar abgewetzt, aber die drei Millimeter starke Bullenhaut hatten sie nicht zerstören können. Das Sofa hatte einen Vorteil: Es stand an der Wand, also reichlich fünf Meter vom Schreibtisch des Alten entfernt.

Der tat auf einmal so, als wäre er heiser, und sprach leise. Urban störte das wenig. Was er nicht verstand, ließ er sich wiederholen.

„Schon das Neueste vernommen?" fragte der Oberst.

„Wie sollte ich. Komme gerade aus dem Süden. Heute morgen habe ich noch im Schatten von Palmen gefrühstückt, und bin im Lago Maggiore geschwommen."

„Und das Autotelefon hatten Sie abgeschaltet."

„Nur ein Wackelkontakt."

„Ihre Wackler, die kenne ich", knurrte der Alte dackelhaft. „Die Amis sind schwer aktiv."

„Hörte davon."

„Wie, wo, wann?"

Urban drückte seine Langeweile durch Gähnen aus.

„Unbekannte haben einen Safe im Doria-Verwaltungsgebäude in Mailand geknackt. Würde mich nicht wundern, wenn andere Unbekannte einen Safe in Düsseldorf und einen in Lille geöffnet hätten."

„Stimmt. Aber sie fanden nichts."

Urban verstärkte seinen Lachmuskelschaden in Richtung Schadenfreude.

„Hätten sie etwas gefunden, dann würden sie es für sich behalten und sich nicht an uns wenden."

„Wir haben ja auch nichts", eröffnete der Boß ihm.

„Worauf sind sie denn so wild, daß sie Safeknakker einsetzen?"

Der Alte stand auf und watschelte näher. Seine Hose hing zu tief und schlug Falten wie Elefantenhaut. Seine Schuhe waren gewiß bequem, aber auch schon zwanzig Jahre alt.

„Das Titankartell ist geplatzt", führte Sebastian aus. „Von da droht keine Gefahr mehr. Aber in Washington bezweifelt man, daß Leute wie Henkel, Mauriac und die Doria ein Kartell, ohne Konzept für ein grundlegend neues Gewinnungs- und Verarbeitungsverfahren zu haben, einfach so aus dem Boden stampfen."

„Logisch", sagte Urban. „Mauriac war der Metallurge. Er dürfte die neue Technik entwickelt und eingebracht haben."

„Eine Technik, die er wohl nicht mit ins Grab nahm, oder?"

Urban hatte längst bemerkt, woher der Wind wehte. Jetzt ging es den Amerikanern um das neue Verfahren.

„Wie alles, was gut ist, läßt es sich vermutlich auf einem Blatt Papier festhalten", meinte Sebastian.

„Nennen wir es eine Formel", schlug Urban vor.

„Und was die Amerikaner interessiert, muß auch uns interessieren."

„Ebenfalls logo", stimmte Urban ihm zu.

„Wo ist die Formel?"

„Vermutlich auf Mikrofilm."

„In den Safes fanden sie nichts."

„Dann sollen sie mal schön weitersuchen."

„Und Sie, Nummer achtzehn, schalten den Rückwärtsgang ein und fahren wieder zu dieser zweitschönsten Contessa Italiens. Sie kann uns gewiß mehr erzählen als die Toten."

Daß es so lief, damit hatte Urban gerechnet. Trotzdem hatte er Contessa Dorias Einladung, den Sommer bei ihr zu verbringen, ausgeschlagen. Es gab noch einiges zu tun. Daß der Killer noch lebte, ließ ihm keine Ruhe.

„Hinter allem stecken doch diese Russen“, bemerkte Urban.

„Primär wohl ein unbekannter Killer.“

„Ich bin ihm zweimal begegnet“, erinnerte Urban. „Als nächsten nimmt er mich ins Fadenkreuz, fürchte ich.“

„Deshalb müssen Sie ihn kriegen, bevor er Sie kriegt.“

„Ungefähr so ist es. Es gibt einige Daten. Seine Größe, seinen Kahlkopf, seine Fähigkeit im Umgang mit Waffen. Er wirbelte, als er in Lille auf mich schoß, das Gewehr auf eine Weise um den Finger, wie ich es nur in Westernfilmen und bei Kunstschützen im Zirkus gesehen habe. Mit diesen Fakten haben wir den Computer gefüttert.“

„Ergebnis?“ Der Oberst hob erwartungsvoll die Brauen.

„Alle Kunstschützen, die in Cabarets oder bei Zirkusunternehmen auftreten, wurden abgecheckt. Mit Hilfe der EDV von Interpol fanden wir zwei Namen. Der eine Artist ist Inder, der zweite ein Staatenloser. Er wird wegen einer Drogensache mit Todesfolge gesucht, die er sich nach seiner Desertation aus der Fremdenlegion zu Schulden kommen ließ. Er trat in einem kleinen Wanderzirkus als der Mann mit der Silbermaske auf und nennt sich Silberman. Ein universeller Artist. Clown, Exzentriker, Seiltänzer, Messerwerfer, Kunstschütze. Der Zirkus existiert seit Frühsommer nicht mehr. Irgendwo in Norwegen ging es sang und klanglos zu

Ende. Silberman lag wohl auf der Straße und nahm den Killerjob an."

„Klingt wie ein Roman."

„Auch sein Abstieg. Er hatte eine Nummer, die eine echte Weltattraktion hätte werden können. Aber er fühlte sich verfolgt, brach die Gastspiele häufig ab und versteckte sich in immer kleineren Wanderunternehmen."

„Was war das für eine Nummer?"

Urban faßte es kurz.

„Er kann um die Ecke schießen."

„Das gibt es nicht."

„Er trifft sein Ziel, ohne es anzuvisieren."

„Ein Trick."

„Natürlich ein Trick, aber es war immer die von ihm abgefeuerte Kugel."

Sebastian, selbst Artillerist und Panzerkommandeur im letzten Krieg, dachte nach. Dann schüttelte er den Kopf, daß die Dackellefzen flatterten.

„Das klingt nach Münchhausen."

„Im Grunde ist es einfach, wenn man es kann. Ich würde es höhere Ballistik nennen. Silberman schoß meist indirekt im Fünfundvierzig-Grad-Winkel, aber er schoß gegen Eisen. Sei es auf einen Träger oder ein Requisit. Vom Eisen prallte die Kugel ab und traf querschlagend das Ziel."

Der Alte rieb sich die Augen, als narrte ihn eine Fata Morgana.

„Das muß er verdammt lange geübt haben."

„Oder Talent besitzen."

„Dieser Silberman ist also der Mörder von Henkel und dem Franzosen. – Und vielleicht auch bald von Ihnen."

„Es könnte sein, daß mich gewisse Leute aus dem Weg schaffen wollen, weil ich zu viel weiß."

„Wie werden Sie sich schützen?“
„Man muß schneller sein.“
„Schneller als ein professionaler Kunstschütze?“
„Oder fantasiereicher.“
„Oder schlauer.“
„Schlauheit allein“, fürchtete Urban, „genügt da nicht.“
Der Alte war wieder hinter seinen Schreibtisch getreten und wurde jetzt offiziell.
„Sie wissen, was Sie zu tun haben, Nummer achtzehn.“
Ohne es zu bestätigen, stand Urban auf, hob den Telefonhörer ab und wählte die Geheimnummer von Julia Doria, jenen Anschluß, von dem er wußte, daß nur sie selbst am Apparat sein konnte, falls überhaupt abgehoben wurde.

*

Das Doria-Building in Mailand hatte zweiundzwanzig Stockwerke. Oben auf dem einundzwanzigsten lag das Penthouse, die luxuriöse Stadtwohnung der Generaldirektorin. Dreihundert Quadratmeter groß, hatte sie eine umlaufende Terrasse, florentinisch gefliest und fast keine Außenmauern. Die Wände bestanden zu neunzig Prozent aus Glasschiebetüren gewaltigen Ausmaßes.
Es war Nacht, als sie das Dinner beendet hatten und auf der Terrasse einen Drink nahmen.
Julia trug Schwarz. Ein kleines Abendkleid, tief dekolletiert. Das Rückenteil wurde von einem schmalen Band, das ihren Hals umschlang, gehalten. Brustansatz und Schultern waren nackt.
Urban dachte nie gern an Oberst Sebastian, aber was der Alte gesagt hatte, traf zu. Sie war minde-

stens die zweitschönste Frau Italiens. – Bis zurück ins klassische Altertum, fügte er seinerseits noch hinzu.

Unter ihnen lag die Stadt mit einer Million Lichter.

„Wo ist Süden?“

Er führte ihre Hand.

Nun deutete Julia auf einen sehr hellen Punkt.

„Dort muß die Scala sein, der Dom, links davon die Galeria.“

Weiter draußen sah man Linate liegen und Flugzeuge starten, rechts davon das Perlenband der Autobahn und dahinter Monza, Bergamo, die Montagna.

„Man ist allein hier und doch unter vielen Menschen.“

„Vielleicht einem zuviel“, bemerkte Urban mit kritischem Rundblick.

„Was mißfällt dir, Carissimo?“ fragte Julia.

„Die anderen Hochhäuser.“

„Sie sind weit genug weg. Bei Tag trifft uns nicht einmal ihr Schatten.“

„Das nächste ist bestenfalls zweihundert Meter Luftlinie entfernt“, schätzte er.

„Die Banca di Lombardia.“

„Laß uns hineingehen“, schlug er vor.

„Laß uns hierbleiben“, bat sie und zog ihn, an der Terrassenbrüstung entlangtastend, zu einer Nische hinter Kübelpalmen. Am Rande des Pools glomm Feuer im Außenkamin. Drumherum standen bequeme Ratansessel.

„Würde es dich stören“, fragte er, „wenn wir hineingingen?“

„Wir können auch hier reden.“

„Drinnen ebenso.“

Sie kannte hier oben jeden Winkel wie in ihrem Park am See.

„Wir sind unbeobachtet und unbelauscht."

„Trotzdem."

Sie gingen hinein. Urban schloß die Schiebetüren, nicht ohne die Glasstärke zu prüfen.

„Drei Schichten", beruhigte sie ihn. „Die Zwischenwände sind mit einem besonderen Gas gefüllt. Es hält Hitze wie Kälte ab und Geräusche."

„Aber keine Kugeln."

„Hast du Angst um dein Leben?"

„Um deines", gestand er.

Während sie an der Bar Drinks bereitete, schaute Urban sich um.

„Was suchst du, Roberto?" rief sie. „Musik ist am Durchgang zur Bibliothek links."

Er suchte etwas anderes und fand es auch. Es war ein kleiner Hampelmann, ein Pinocchio aus Holz.

„Ja, der ist gut", murmelte er.

Sie tastete die Figur mit den hölzernen Gliedern ab.

„Was willst du damit?"

Er erklärte es ihr.

„Ich hänge ihn an einer Schnur vor der Lampe auf. Die Lampe stelle ich so, daß sie den Vorhang anstrahlt."

„Dann wirft Pinocchio seinen Schatten auf den Vorhang. Aber wozu und auf welchen Vorhang?"

„Auf den, der in Richtung Banca di Lombardia zeigt."

Sie verstand nur halb.

„Die Puppe wird sich bewegen."

„Das soll sie ja. Der Schatten muß aussehen wie der eines Mannes."

Mit einemmal wirkte sie verängstigt.

„Du glaubst wirklich . . .?“

„Nein“, log er. „Nur eine Vorsichtsmaßnahme. Wahrscheinlich wird überhaupt nichts geschehen.“

Sie reichte ihm den Champagnercocktail, in den sie etwas Blutrotes geträufelt hatte.

„Cent' anni!“ wünschte sie. „Hundert Jahre.“

„Auch du sollst cent' anni leben.“

Sie tranken.

Urban brauchte nur wenige Minuten, um die Vorrichtung mit der Puppe anzufertigen. Er sah Julia nicht mehr, hörte aber Musik. Sie saß in der Ecke auf der weißen Ledercouch, streifte die Schuhe ab, zog die Beine hoch und winkte ihm.

„Ich möchte mich an dich lehnen.“

Er spürte ihren Kopf an seiner Schulter.

„Schön, daß wir uns so bald wiedersehen.“

„Vorgestern sah es nicht so aus.“

„Ich führe einen Konzern“, erinnerte sie, „und weiß, daß ein Mann wie du sehr beschäftigt ist. Du kamst nicht zufällig vorbei.“

„Nein“, gab er offen zu.

„Auch nicht aus brennender Liebe.“

„Ein wenig schon, Signora.“

„Und die restlichen neunundneunzig Prozent? Was ist der Grund? Was quält dich, Robertino?“

Er sagte es ihr ohne langes Herumreden.

„Die CIA hat deinen Safe geknackt.“

„Ich nahm es fast an. Aber was sie suchten, war nicht zu finden. Es liegt nicht in meinem Tresor, denn es existiert nur einmal.“

„Du weißt also, was uns beunruhigt?“

„Das Mauriac-Verfahren für die Gewinnung und Verarbeitung von Titan. Was sonst. Es reduziert den bis heute nötigen Aufwand um nahezu siebzig Prozent.“

„Das würde Titan enorm verbilligen.“

Sie lachte, wie er sie noch nie lachen gehört hatte, beinah metallisch klar. Und so sprach sie auch.

„Oder die Gewinne erhöhen. Wir sind kein Wohlfahrtsunternehmen. – Das heißt, wenn man fünfzigtausend Menschen beschäftigt und für sie sorgt, anstatt angenehm von seinem Vermögen zu leben, dann ist man doch so etwas wie wohltätig.“

„Hochanständig von dir“, spottete er.

Sie merkte es, ihr Körper verspannte sich, und sie redeten wieder von Titan.

„Nur mit der Mauriac-Formel schien die Gründung eines Kartells rentabel.“

„Mauriac hatte sie im Kopf. Er ist tot.“

„Sie existiert noch als Mikrofilm“, erwähnte Julia Doria.

„Wer besitzt ihn?“ faßte er nach.

„Doktor Henkel kaufte Mauriac die Rechte ab. Für viel Geld und Anteile an der neuen Titan-Corporation. Nun hatte er das Verfahren und setzte uns damit unter Druck. Er schwang damit eine Peitsche, mit der er uns unter Kontrolle hielt wie eine Herde wilder Mustangs.“

Urban zählte zusammen.

„Mauriac ist tot. Henkel hatte den Film. Aber wo? Man fand ihn nicht.“

Ihr Haar rieb sich an seinem. Ihre Fingerspitzen spielten an seinem Handrücken.

„Henkel trug den Mikrofilm stets bei sich.“

„Man untersuchte sogar das Innere seiner Uhr.“

„Er trug ihn an seinem Körper“, ergänzte Julia Doria.

„Auch den untersuchte man. Rein routinemäßig.“

„Vielleicht nicht genau genug.“

Er goß Champagner nach und reichte ihr das

Glas. Sie befeuchtete zwei Finger und bestrich mit dem Wein seine Lippen.

„Du lachst ja gar nicht."

„Nicht, wenn ich denke."

„Ich weiß, was du denkst", sagte sie. „Wo läßt sich am Körper eine Kapsel mit Mikrofilm verstekken. Nun, da gibt es genug Möglichkeiten. Falten, Öffnungen et cetera."

„Man kann eine Mikropunkt als Pigmentfleck der Haut tarnen."

„Mühelos."

„Warum, zum Teufel, hast du mir nichts davon gesagt, Julia?" fuhr er sie an.

„Du hast mich nicht gefragt", erwiderte sie. „Ich dachte, deine Sorge gelte allein mir."

„Sie gilt nur dir", versprach er. „Von jetzt ab."

Aber er wurde unruhig. Sie fühlte es.

„Du hast etwas vor, Robertino."

„Man wird Doktor Henkel exhumieren müssen", befürchtete er. „Hoffentlich haben andere nicht dieselbe Idee und kommen uns zuvor."

„Dort steht das Telefon." Sie deutete irgendwohin. „Ruf an."

Da besann er sich.

„Entweder es hat bis morgen Zeit", sagte er, „oder ich bin ein nicht mehr zu rettender Idiot."

15.

Nur der Satan wußte, woher sie ihre Informationen bezogen. Aber sie hatten sie und gaben sie an ihn weiter.

Zwei Stunden vor Mitternacht fuhr Silberman nach Mailand hinein, einmal um das Doria-

Gebäude herum und dann zum Hochhaus der Banca di Lombardia. Die Parkplätze in dem neuen Stadtviertel waren so gut wie frei.

Er wußte nicht, ob es in dieser Nacht noch klappen würde, aber er nahm den flachen Koffer mit dem zerlegbaren Gewehr mit.

Die Bankzentrale war geschlossen, bewacht und gesichert. Durch die Tiefgarage oder das Hauptportal gab es kein Hineinkommen. Aber einem Artisten war nichts unmöglich.

Den Gewehrkoffer an einem Tragegurt auf dem Rücken kletterte Silberman an der Marmorfassade hinauf. Indem er sich von Fuge zu Fuge zog und mit den Tennisschuhen in die Ritzen nachstieg, erklomm er im dritten Stockwerk einen breiten Fenstersims.

Das Fenster zu öffnen war das bedeutend größere Problem. Er mußte es einschlagen, um an den Innengriff zu gelangen. Vorsichtig klebte er eine Folie auf und hämmerte, das Taschenmesser in der Faust, dagegen. Das Thermopaneglas implodierte. Er entfernte die Scherben aus der Scheibe, griff durch, entriegelte und war in einem der Großraumbüros.

Die Türen zu den Korridoren und ins Treppenhaus waren offen. Wenn er den Lift benutzte, alarmierte das die Nachtwächter. Also stieg er die rund zweihundertfünfzig Stufen bis zum obersten Geschoß, brach die Tür zum Flachdach auf und fand auf der Ostseite die optimale Position.

Er hatte noch gute Augen. Mühelos konnte er den zweihundert Meter entfernten Dachgarten des Doria-Buildings einsehen. Im Penthouse brannte Licht.

Er erkannte auch einen Schatten am Vorhang,

aber nicht scharf genug. Im Zielfernrohr würde er besser zu sehen sein. – In aller Ruhe öffnete er den Waffenkoffer und setzte die vier Teile des Scharfschützengewehrs zusammen.

Hier an der Piazza Firenze liefen die großen Corsi zusammen. Der Corso Sempione und die Via Alcucino.

Vom Verkehr war nur ein monotones Brausen zu vernehmen, höchstens vereinzeltes Hupen oder ein anfahrender Bus ließen sich unterscheiden.

Silberman rastete den Kolben in den Schiebeverschluß am Schloßende und nahm das Zielfernrohr aus dem Schaumstoffbett des Koffers. Ehe er es aufschraubte, blickte er hindurch.

Im eingeätzten Fadenkreuz wanderte die Dachterrasse des Doria-Buildings so deutlich durch, daß er Palmen von Zypressen unterscheiden konnte. Hinter dem Vorhang des südlichen Eckfensters bewegte sich der Schatten eines Menschen. Er schien ruhig dazusitzen, nur ab und zu bewegte er sich nach vorn. – Er würde auch ohne viel Glück zu treffen sein.

Silberman beeilte sich jetzt. Das Zielfernrohr schnappte in die Schwalbenschwanzverschlüsse.

Nun öffnete der Killer die Kammer und schob zwei speziell laborierte Patronen vom Kaliber zweiundzwanzig hinein. Auf langen Messinghülsen saßen Hartmantelgeschosse. Sie durchschlugen einen Gaul mühelos von hinten bis vorne.

Normalerweise würde ein Schuß genügen. Aber eine zweite Patrone in Bereitschaft zu haben, entsprach dem Sicherheitsbedürfnis eines Profis. Wenn der erste Schuß nicht saß, dann tat es der zweite. Für einen dritten fehlten meist Zeit und Gelegenheit.

Die Patrone verschwand metallisch klingend im Lauf.

Silberman legte den Kolben an die Schulter und hielt ihn dort mit dem Riemen stramm. Sein Daumen korrigierte Entfernung und Schärfe im ZF nach. Dann legte er auf und visierte.

Das Penthouse drüben wanderte durch das Visier. Da war das Fenster, der Schatten, der Kopf des Schattens.

Silbermans rechter Zeigefinger lag am Abzug. Er zog den Abzug zurück, bis er den Druckpunkt fühlte. Nun hielt er den Atem an. – Der Kopf stand präzise im Fadenkreuz. Alles optimal.

Das Gewehr streute auf zweihundert Meter maximal münzenbreit. Die Luft war trocken, kein Wind. Die Kugel würde auf ihren 0,35 sekundenlangen Flug also durch nichts beeinträchtigt werden.

Dann zog er ab.

Der Schuß peitschte hinaus.

Silberman behielt das Auge am Gummiokular des Zielfernrohrs. Drüben brannte noch das Licht, aber er hatte den Eindruck, als wäre der Kopf des Mannes zerplatzt. Es gab ihn nicht mehr. Aber irgend etwas bewegte sich noch hinter dem Vorhang. Wahrscheinlich pendelte die von der Kugel gestreifte Lampe.

Silberman war zufrieden.

Automatisch zerlegte er die Waffe. Etwas, das er auch bei absoluter Dunkelheit beherrschte. Er packte die vier Teile in den Koffer, ließ ihn zuschnappen. Lag noch etwas herum? – Nein.

Bloß keine Spuren hinterlassen.

Auf dem gleichen Weg, über den er das Bankgebäude betreten hatte, verließ er es auch wieder. Als er das Büro mit dem offenen Fenster betreten wollte, vernahm er die Schritte eines Mannes und das Hecheln eines Hundes. – Aber beide gingen in die andere Richtung davon.

Unten am Parkplatz in der Via Cenisio bestieg Silberman den Mietwagen.

Er verspürte den Wunsch, erst eine Zigarette zu rauchen, aber ein Blick auf die Uhr trieb ihn zur Eile an. Er hatte noch einen wichtigen Termin. Er mußte ihn einhalten. Notfalls war es das Alibi für diese Nacht.

Er ließ an. Der Alfamotor kam unwillig, tourte dann aber hoch. Er wendete, schleuste sich in den Verkehr und rollte die Viale Certosa hinaus.

Wenige Minuten später überquerte er die Autostrada. Dann hielt er sich Richtung Como.

16.

Das Bersten der Fensterscheibe, das Vorbeisirren des hochrasanten Projektils, das erst den hölzernen Pinocchio zerfetzt hatte und dann in die Kaminumrandung geschlagen war, ließ Julia Doria und auch Urban zusammenzucken.

„Was war das?"

„Das war es", erklärte Urban betont lässig.

„Du hast damit gerechnet?"

„Vielleicht."

„Warum bist du dann erschrocken?"

„Pardon, die Wahrscheinlichkeit war ziemlich gering."

„Was jetzt?"

Er hielt sie fest.

„Bitte beweg dich nicht. Er hat das Auge noch am

Zielfernrohr, um sich der Wirkung seines Schusses zu versichern."

„Mein Pinocchio ist für dich gestorben", trauerte sie.

Urban steckte sich eine Zigarette an. Nach einem Zug nahm sie ihm die MC aus der Hand und saugte daran. Lange und so, wie ein Durstiger das erste Glas Wasser trank.

Urban berechnete die Flugbahn. Sie war ziemlich flach. Der Killer mußte aus einer nur wenig erhöhten Position gefeuert haben.

Er löste sich von Julia, trat, ohne im Licht der Lampe Schatten zu werfen, an den Vorhang der Nordseite und öffnete ihn einen Spalt. Drüben auf dem Dach des Bankgebäudes glaubte er, Bewegung zu sehen. – Leider gab es keine Chance, diesen Mann zu erwischen. Aber Uran wußte, wie er ihn bekam.

Wieder bei Julia hob er das Telefon auf die Sofalehne.

„Ich muß dich leider verlassen, Cara mia", bedauerte er.

„Kann ich mir denken."

Er wählte die Nummer eines Mannes, der in einem Büro in der Innenstadt auf den Anruf wartete.

„Es ist passiert", berichtete Urban kurz.

„Nicht zu fassen." Der SISMI-Agent fluchte. „So eine Kanaille."

„Mut hat er. Und", fügte Urban hinzu, „hervorragende Informationen. Deshalb müssen wir uns beeilen. Wie viele Leute bringst du auf die Beine?"

„Was brauchen wir?"

„Ein Dutzend sind mehr als genug."

„Va bene. Drei Kriminalbeamte in Zivil, zehn Polizisten."

„Möglichst nicht in Polizei-Alfas. Sie sollen sich, was Blaulicht und Sirene betrifft, beherrschen."

„Wo treffen wir uns?"

„An der Ortseinfahrt von Saronno."

„Das ist an der Straße nach Como. Du glaubst also immer noch, daß er bei Moira untergeschlüpft ist?"

„Gangster ändern ihre Gewohnheiten selten", sagte Urban, „und Artisten nie. Er ist so einfältig zu glauben, daß er bei Moira sicher sei."

„Wir sind da", versprach der SISMI-Agent. „In fünfzig Minuten."

Urban schaute auf die Uhr.

„Ja, das muß reichen."

„Kann ich mitkommen?" fragte Julia.

„Besser nicht."

„Habe ich nicht das Recht dabeizusein?"

„Nein", entschied er. „Das ist unsere Sache. Deine Sache ist es, hier zu bleiben und auf mich zu warten."

„Wann kommst du?"

„Irgendwann bestimmt", versprach er.

*

Etwa einen halben Kilometer östlich des Ortseingangs von Saronno auf einer Wiese stand das Dreimastzelt des Zirkus Moira im Licht von Tiefstrahlern. Er war eines der größten Unternehmen dieser Art und zog mit einem Troß von Dutzenden von Fahrzeugen durch das Land.

Moira hatte die beste Tierschau und beschäftigte internationale Artisten.

Über das Zelt zogen sich Lichterketten hin. Man hörte Musik und Applaus herausschallen. Die Nachtvorstellung hatte schon begonnen.

Urbans Aufgebot fuhr näher und verteilte sich vor und in dem Zelt.

Gerade lief die Hochseilnummer. Die Gruppe Calabrese zeigte Trapezkunst in Vollendung.

Als sie fertig waren und sich ins Netz fallen ließen, wurde es in der Arena hell. Der Direktor führte sechs weiße Hengste in Hoher Schule vor. Nach ihm kamen Clowns und dann eine Raubtierdressur.

Kaum waren die Käfige abgebaut, sagte ein Mädchen den großen Ragadoro an.

„Früher", flüsterte Urban seinem Geheimdienstkollegen zu, „nannte er sich Silberman, nun also Goldjunge."

„Sie können es nie lassen."

Ragadoro zog eine eher mittelmäßige Nummer ab. Aber dann erscholl ein Tusch und sein weltberühmter Trick wurde angekündigt.

„Der Querschlägerschuß", erklärte Urban dem Kollegen.

„Wie kommst du darauf, daß er es sein könnte?"

„Artisten schlüpfen stets in ihrem gewohnten Milieu unter. Wo wäre das besser als in einem Wanderzirkus unter fahrendem Volk möglich."

Sie hatten alle in diesem Sommer durch Italien reisenden Unternehmen auf ihr Programm hin überprüft. Nur bei zwei Zirkussen traten Kunstschützen auf. Beim Zirkus Rodrigo war der Kunstschütze eine Frau.

Die Ansagerin erklärte die Schwierigkeit der Nummer. Ragadoro würde den Apfel nicht im direkten Schuß vom Kopf seiner Partnerin schießen, sondern durch einen gezielten Querschläger.

Neuer Tusch, Trommelwirbel. Atemlose Stille. Das Licht wurde bis auf einen Scheinwerfer reduziert.

Silberman, jetzt Ragadoro, stand in der Manege, ganz in Schwarz. Er trug einen breitkrempigen spanischen Hut und eine goldene Maske. Etwa zehn Meter entfernt stand eine Blondine im Lamettabikini. Graziös legte sie sich einen goldenen Apfel auf dem Kopf zurecht.

Silberman wählte eines von den Gewehren aus, lud mit ausladender Bewegung und beendete per Handzeichen den Trommelwirbel. Dann legte er an, setzte aber wieder ab. – Sich konzentrierend, legte er erneut an. Aber nicht auf das Mädchen, sondern auf einen der vier Stahlträger die das Zelt stützten.

Sowohl er wie seine Assistentin erstarrten zu Bewegungslosigkeit. Dem Publikum erging es nicht anders. – Und dann fiel der Schuß.

Die Spannung entlud sich durch Händeklatschen und Beifallrufe. Aber der Applaus erstarb plötzlich. Statt dessen gellten Entsetzensschreie.

Der Kunstschütze taumelte, faßte sich an die Augen und bewegte sich wie blind im Kreis. Blut tropfte in das Sägemehl. Silberman stürzte und blieb, nachdem seine Glieder noch einmal wild gezuckt hatten, wie tot liegen.

Die Zuschauer sprangen auf. Die meisten hielten es für einen Trick, bis sie das Loch in der Stirn des Kunstschützen sahen.

Im selben Moment ertönten die Trillerpfeifen der Polizisten.

„Ruhe! Alles bleibt auf den Plätzen!"

„Das war nicht sein Querschläger“, befürchtete Urban.

„Was dann?“

„Querschläger kehren nie, ich würde sagen nicht mal im Verhältnis von einer Million zu eins, zu dem Schützen zurück. Hundertachtzig Grad Abpraller gibt es nicht.“

„Diavolo, was ist geschehen?“

„Ich denke, jetzt sind wir dran“, erklärte Urban.

Sie stiegen über die Bänke, kämpften sich durch die Massen und machten sich, mit den Armen rudernd, Platz. Die Polizisten bildeten gegen die allzu Neugierigen einen Ring.

Die Kapelle spielte, der Direktor sagte die nächste Nummer an, wurde dann aber überzeugt, daß er die Nachtvorstellung abbrechen müsse.

„Er ist tot“, sagte Urban. „Es ist kein Unfall. Es ist Mord.“

„Das müssen Sie erst beweisen“, schrie der entsetzte Moira. „In meinem Hause gibt es so etwas nicht. Artisten sind anständige Leute.“

Sie fotografierten Silberman, dann drehten sie ihn um. Das Projektil hatte ihm ein Viertel des Schädels weggerissen.

„Das schafft nur ein Dum-Dum-Geschoß.“

Urban untersuchte die Patronen, die Silberman normalerweise verwendete. Es handelte sich um normale Stahlmantelgeschosse.

„Wie lange ist er schon bei Ihnen?“ verhörte Urban den Direktor.

Der war völlig durcheinander. Er schwitzte in seinem Frack und rang verzweifelt die Hände.

„Eine Woche, vielleicht zehn Tage. Man soll dieses zigeunernde Gesindel einfach nicht beschäftigen. Aber seine Nummer, Madonna, diese Nummer war einfach sensationell. Nun starb er durch die eigene Kugel."

„Er starb durch ein Dum-Dum-Geschoß von Leuten, die ihn beseitigen wollten", klärte Urban ihn auf.

Die Kripobeamten riefen die Mordkommission, vernahmen die Artisten und schrieben ihre Notizen. Der SISMI-Agent stand mit Urban dabei. Sie tranken Kaffee und rauchten eine nach der anderen.

„Wer wollte Silberman beseitigen?" fragte der Italiener immer wieder.

Urban äußerte sich zurückhaltend.

„Sein ehemaliger Auftraggeber."

„Um einen Mitwisser zu beseitigen, einen Zeugen?"

„Einen, bei dem die Gefahr bestand, daß er eines Tages plaudern oder die eigenen Leute erpressen würde."

„Welche Leute?"

Vielleicht hätte Urban diese Frage beantworten können, aber er tat es nicht.

Wenn er sagte, daß der KGB dahinterstecke, hätte der italienische Kollege weiter und weiter gefragt, die ganze Nacht.

„Die kriegen wir doch niemals."

„Kaum", befürchtete Urban.

„Nun", meinte der Italiener. „Das war etwas nicht Alltägliches heute. Dabeisein ist alles. Deshalb liebe ich diesen Job."

„Nein, dabeisein ist nicht alles", erwiderte Urban. „Vorbeisein ist alles."

Der Italiener verstand das Wortspiel jedoch nicht.

Urban fuhr sofort nach München zurück. Brutal trieb er den BMW an. Gaspedal am Bodenbrett, mußte der Sechszylinder hergeben, was er in den Muskeln hatte.

Bei Sonnenaufgang näherte er sich Pullach.

Noch über Autotelefon weckte er einen Kollegen, einen Doktor jur. utr., der im BND für heikle juristische Fragen zuständig war.

„Was weißt du über Exhumierungen?“ fragte Urban ohne lange Einleitung.

„Sie ist schwierig zu erreichen. Dafür braucht man handfeste Gründe. Eine Menge Personen und Behörden müssen zustimmen. Die Familie, Richter und Staatsanwalt, die Friedhofsämter. Eine äußerst langwierige bürokratische Prozedur mit Anträgen noch und nöcher.“

„Es geht um Dr. Henkel.“

„Henkel“, nahm der noch schlaftrunkene Anwalt das Stichwort auf. „War das nicht die Mordsache in Österreich? Wann brachten sie ihn unter die Erde?“

„Keine Ahnung“, gestand Urban. „Nach Abschluß der Ermittlungen, denke ich. Jedenfalls hat der Staatsanwalt in Kufstein die Leiche längst freigegeben. Sie wurde nach Düsseldorf überführt. Das muß schon mehrere Wochen her sein.“

„Ich würde zuerst bei der Familie anfragen.“

„Er hat keine.“

„Erben?“

„Nicht bekannt.“

„Dann muß es einen Generalbevollmächtigten geben, der die Geschäfte weiterführt. Vielleicht den Vorstandsvorsitzenden, den Generaldirektor, oder eine ähnliche Person.“

„Kennst du einen Trick, mit dem man sich an den Behörden vorbeimogelt?“ wollte Urban wissen.

„Indem du ihn heimlich ausgräbst.“

„Soweit kommt es noch“, schauderte Urban. „Aber verflucht dringend ist es schon.“

„Und wichtig offenbar.“

„Hätte ich dich sonst geweckt?“

Urban hängte auf.

Im Hauptquartier brachte er ein Team auf die Beine, das sich von allen Seiten an das Projekt *Exhumierung* hermachen sollte. Zur Beschleunigung schaltete Urban noch Freunde von BKA und Verfassungsschutz ein.

Alles sollte geheim bleiben, nichts an die große Glocke gelangen. Trotzdem bekam man im Henkel-Konzern Wind von der Sache.

Es war gegen Abend, als der geschäftsführende Vorstand der Holding Urban anrief.

„Was höre ich da“, sagte er überraschend aufgekratzt. „Sie wollen den Alten wieder ausbuddeln? Darf man fragen, warum.“

„Dürfen Sie nicht“, bedauerte Urban.

„Macht nichts. So sind meiner Fantasie keine Grenzen gesetzt“, reagierte der Generaldirektor amüsiert. „Aber den Spaten können Sie zu Hause lassen. Doktor Henkel kam in die Familiengruft. Die Gruft ist begehbar. Um seine Überreste können Sie glatt herumspazieren.“

„Liegt er in einem zinkgefütterten Eichensarg?“

„Nein, der Behälter ist aus Bronze. Natürlich luftdicht verschraubt.“

„Schrauben kann man aufdrehen und Deckel öffnen.“

„Kein Problem“, bestätigte der Konzernmanager nicht ohne Spott. „Nur, was Sie vorfinden werden, dürfte Ihnen, was immer Sie erwarten, nicht weiterhelfen."

Da schwante Urban Fürchterliches.

„Ist der Bronzebehälter etwa eine Urne?" fragte er.

„Henkels Gebeine sind nur noch Asche."

„Er wurde also verbrannt."

„Richtig", bekam Urban bestätigt. „Das einzige, was Dr. Henkel schriftlich hinterließ, war der Wunsch, nach seinem Tode eingeäschert zu werden."

Dr. Henkel war also verbrannt worden. Dann war alles, was er an seinem Körper versteckt oder getragen hatte mitverbrannt.

Urban fühlte sich auf merkwürdige Weise erleichtert.

„Ich danke Ihnen", sagte Urban.

„Bitte, nichts zu danken", erwiderte der Manager höflich.

Wahrscheinlich brach er nach dem Anruf in Gelächter aus.

*

Spät in der Nacht, als er eine wirklich gute Nachricht für sie hatte, rief Urban bei Julia Doria an.

Er wählte ihre Geheimnummer. Sie kam selbst an den Apparat und war glücklich, seine Stimme zu hören.

„Carissima", sagte er. „Sie haben Professor Lussowsky in Berlin festgehalten und an seiner Stelle den Killer geschickt. Damit habe ich sie erpreßt. Ich habe sie unter Druck gesetzt, daß sie mit dem

Hintern über Schotter wegschlitterten. In den nächsten Tagen ist der Professor bei dir."

„Und wird mich operieren?"

„Der KGB drängt darauf, daß die Operation gelingt."

„Grazie, du bist der größte Schatz, grazie tante."

„Ich wünsche dir alles Glück und cent' anni!"

„Danke, das kann ich gebrauchen. Wenn du wieder zu mir kommst, dann ... kann ich dich vielleicht sogar sehen."

„Sicher", sagte er.

„Bis bald?"

„Gewiß."

„Du führst ein gefährliches Leben. Bitte, paß auf dich auf."

„Ich werde schon klarkommen", versprach er. „Locker."

ENDE